生きづらさにまみれて

姫野桂

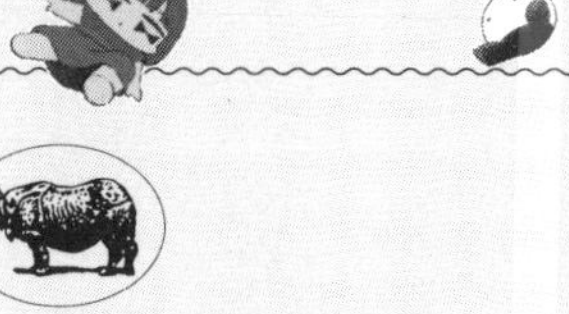

晶文社

装画　ウチボリシンペ
装幀　佐藤亜沙美（サトウサンカイ）
編集　露木桃子

はじめに

私、姫野桂は1987年9月7日の14時頃宮崎県宮崎市の産科で生まれた。和暦で言うと昭和62年でギリギリ昭和生まれだ。1987年の日本はバブル景気真っ最中だったが、地方都市のためバブルの恩恵は受けていない。現在は宮崎に移住して活動中の詩人の俵万智氏の『サラダ記念日』（河出文庫）が大ヒットを記録した年でもある。

母はそのとき34歳。妊活を続けた末、結婚から10年目で私を身ごもり、当時としては高齢出産だった。医師はまだ生まれないだろうと予測していた出産予定日、父と祖母は母を病室に残して昼食を買いに出かけていた。しかし医師の予想は外れ、その間に母は陣痛を起こし、私はあっという間にすっぽんとこの世に生まれ落ちた。ゆえに祖母も父も出産に立ち会っていない。成長するまで母の出産経験くらいしか聞いていなかったので、出産はそこまで苦労しないものだと思い込んでいた。自分の身の回りで妊娠・出産する人が増えてからようやくお産の大変さを思い知った。

宮崎市の人口は40万人ちょっと。暖かく穏やかな気候で農業・畜産がさかんだ。特産品の中でも宮崎牛は格段のおいしさで、年に数回、安く売っている地元のスーパー経由で送ってもらう。地元では宮崎牛を食べることが多かったので、東京でアメリカ産やニュージーランド産の肉の硬さに驚いた。食べ物はおいしいし、日向時間（集合時間に家を出る、といった宮崎県民独特のゆったりとした時間感覚）と言われるだけあって、時間はのんびり流れる。

沖縄には負けるが海が綺麗だ。上京して鎌倉の海を見たとき、こんな泥水の中よくサーフィンができるものだと少し引いた。宮崎の波はハワイよりも良いと言われ、芸能人がお忍びでサーフィン旅行に来ているほどだ。

デメリットとしては「陸の孤島」と呼ばれるように、九州新幹線という名前なのに新幹線が通っておらず（鹿児島止まり）交通が不便だ。ローカル線も1時間に1本。駅と駅の間が7～10㎞も空いている。完全なる車社会。

また、子どもの学力が全国で下から数えたほうが早い。文化的過疎地域でもあり、地元の博物館に有名な展覧会が来ても人がほとんどいない。中学の頃、兵馬俑の展示を見に行ったら人がほとんどおらずじっくり見られた上、現代文の教師に遭遇したくらい、ある意味「意識高い系」の人しか博物館に足を運ばないのだ。地元民はあまり文化的なものに興味を示さない。

私の家族についても紹介しよう。父の職業は英語とスペイン語のフリーランスの翻訳家、母は中学の養護教諭（保健室の先生）。周りは農家・畜産家か会社員の家庭が多かった。フリーランスで働いている人なんてほとんどおらず、父は近所の人から「いつも家にいる」と、無職のように思われていた。

私が保育園の頃は尾崎豊全盛期。母の勤めていた学校では尾崎に影響された不良少年たちが毎日のように問題を起こし（本当に『卒業』の歌詞の通りに校舎の窓が全部割られていた）、生徒のフォローなどのため、母の帰りは私が眠りにつく頃だった。それでも母がどうにか時間を見つけていろんな絵本の読み聞かせをしてくれていたことが、今の私の仕事に就くきっかけの一つになっているのかもしれない。一方父は自宅で仕事をしているので家事担当。おおざっぱな男の手料理を食べ、髪の毛も父に結ってもらっていた。父は今で言うイクメンだった。

旅行好きの両親に連れられて3歳の頃から毎年スペインへ旅行していたが、近所の人からは無職の夫がいるのに海外旅行ができる不思議な家族と思われたり、登校班の上級生からは「海外旅行に行っているなんて絶対ウソでしょ」と責められたこともある。地元は貧富の差が激しいので、国内旅行すら行ける余裕がない家庭も多い。父はフリーランスのため収入は不安定だが、公務員である母と同じくらいは稼いでいたようだ。そう思うと、地元では割と富裕層に属していたのだと思う。

これまで出版した著書でも明かしているが、私は発達障害当事者だ。診断を受けたのは

30歳のとき。算数LD（学習障害）が最も強く、ADHD（注意欠陥多動性障害）もあるので現在は薬で調整して過ごしている。先日、精神障害者保健福祉手帳の2級を取得した。それまでは会社員ではないし（会社員だと障害者雇用や合理的配慮の場面で使える）、日常生活にもそれほど支障をきたしていなかったので取らないでおこうと思っていたのだが、二次障害である双極性障害Ⅱ型の症状が悪化した時期があったため、手帳を取る決意をした。手帳を取るメリットは市町村にもよるが、私の住む東京の場合税金が安くなったり都営のバスや地下鉄等が無料で乗車できたりする。双極性障害が原因で仕事ができなくなったときでも、少しでも経済的負担が減ればと思っている。

中高時代は親の勧めで私立の中高一貫校に進み、人間関係や数学の勉強でとても苦労した。今思うとそれは発達障害の特性のためだったのだと分かる。その反面、国語と作文は異様なほどできた。小中学生の頃は作文を書けば必ず賞を取り、高校のテストでは国語90点、数学4点、なんてこともざらだった。まさに凸凹。ゆとり世代第一代目なので揶揄されることもあるが、一代目だからこそ、その前の世代の影響をまだ引きずっていたし、高校まで体罰があった。

大学ではヴィジュアル系バンドの追っかけにハマり、他の女子たちがこぞって参加していた合コンなんぞ目もくれず、推しのバンドマンに全てを捧げた。そして就活の時期がやってきたが、そこで襲われたのがリーマンショックという大不況。全く内定が出ず、途中で就活を諦めた時期もあった。

結局、卒業式2週間前に滑り込みで都内の中小企業の事務職に就いた。しかし、発達障害特性のある私にとって会社員生活は地獄そのものだった。社内の暗黙のルールが分からず怒られる、算数LDのため経理処理ができない（総務・経理担当だった）、ADHDで不注意が多く会議資料もまともに作れない。何より朝起きるのがつらく、身体は疲れやすく朝礼では毎回倒れていた。内勤の事務職なので給与も安く、手取りは18万円。一人暮らしをするには厳しく、家賃を半分親に出してもらっていた。個人的には家賃の安いアパートに引っ越したかったが、親が防犯面を気にして学生の頃から住んでいたオートロック付きの6畳ワンルームの8万6千円の部屋でないと首を縦に振らなかった。

女性が東京で安全な一人暮らしをするためにはバリバリ働く総合職に就かないとやっていけないのだ。しかし、ポンコツの私は総合職をこなせる自信が全くなく、結果親に甘える形となった。それでも生活はカツカツで、お昼は毎日自作のお弁当。だけどお弁当のおかずの定番品であるウインナーを買ったことがなかった。あんなにパンパンに膨らんだ袋なのに5本しか入っておらず高いからだ。一度、母が上京して私の買い物にお金を出して付き合ってくれた際「お弁当用のウインナーを買おう」と言われたが、私は普段買わないためウインナー売り場が分からずに店員さんに聞いた。

そんな会社員生活を3年送った後、現在は幸運なことに自分の適性に合うフリーライターという仕事を見つけて楽しくやれている。この業界は実力があれば男女関係ない。女性だから原稿料が安いなんてことはない。私の場合、頑張れば頑張った分稼げるようになった。今はウインナーを買えるし、広くて安全な部屋に引っ越し、家賃も全額払えている。昨年は初めて親にお年玉もプレゼントした。30歳の頃、夢だった書籍も出版し、2冊目に出した『発達障害グレーゾーン』(扶桑社)では9刷重版、啓文堂書店新書大賞2位という快挙を成し遂げた。

私の好きなcalli≠gariというヴィジュアル系バンドの『弱虫毛虫』という曲の歌詞には「いつか見てろ　今に見てろ」というフレーズがある。中高とスクールカースト底辺で暗黒時代を過ごして大学で弾けたものの、就活と就職で再び苦しんだ私はその歌詞をモットーに生き抜いてきた。そしてついに「いつか見てろ　今に見てろ」を叶えられる日が来たのだ。こんな私でも輝ける仕事を見つけて今まで自分をバカにしてきた人たちを見返すことができたのだ。

と、そんな順風満帆な中やってきた新型コロナウイルス。２０２０年の前半に依頼をいただいていた講演会や登壇イベントはほとんど中止に近い延期となった。令和よ、私にやっと訪れた遅い青春と生きやすさを提供してくれるんじゃなかったの……？

この本は平成から令和を駆け抜けた私のクロニクルだ。同世代には共感を与えられれば、その他の世代にはこの世代の女性ならではの生きづらさが少しでも伝われば幸いである。

01 自傷行為

死への迂回路

時折、「Twitter を徘徊していると、「病み垢」なるアカウントに出会うことがある。その多くは10～20代の若い女性で「死にたい」などネガティブなことをつぶやいている。そしてたまに、片腕に刃物を走らせて血液が滴り落ちているリストカット画像がアップされている。細かく何度も浅めの傷を付けているものもあれば、深くぐさっと致命的な一撃を加えている傷もある。リストカットは自傷行為の一種だ。自傷行為とは自らを傷つける行為で、自殺とは少し異なる。死ぬレベルまでの傷を負わせないのだ。

精神科医の松本俊彦先生はリストカットについて「決して良いことではないけれど、悪いこととも言えない」ととあるインタビューで答えている。そして松本先生はリストカットのことを「死への迂回路」と言い換えている。つまり、自傷行為を行うことで死にたいぐらいつらい気持ちを、そのときだけは一時的に抑えることができるというのだ。この松本先生の記事を読んだとき、私は首がもげそうなほど頷いた。私自身、リストカッター当事者だからだ。

リストカットに出会ったのは、小5の頃だった。リストカットブームは1998年あたりだ。まだ一部の人たちだけがインターネットを使っていたネット黎明期。元祖ネットアイドルでライターの南条あや氏が「町田あかねのおクスリ研究所」(現在は閉鎖)というサイトにEメールで送った日記がサイト上に掲載され、その文才に多くの生きづらい人たちが影響を受けた。しかし南条氏は日々リストカットを行っていたせいで心臓がもろくなってしまい、18歳という若さでオーバードーズにより亡くなった。その後、彼女が綴っていた文章をまとめた書籍『卒業式まで死にません　女子高生南条あやの日記』(新潮文庫)が出版されている。私の生きづらい仲間の中にはこの本がバイブルだという人もいる。

当時、リストカットを行っていたのは10代後半~20代前半の若者たちだと思うので、私がリストカットに出会ったのは早過ぎたように思う。Twitterで「現在アラサーでリストカットの経験がある女性」のアンケートを取ったところ(投票数は259票)、「ある」が22%、「ない」が78%だった。この22%という数字が多いのか少ないのか、正直分からない。

私がリストカットに出会ったいきさつはこうだ。ある日、友人のNちゃん宅で一緒に宿題をやっていたら、突然Nちゃんが彫刻刀を取り出し、手首に刃を滑らせ始めた。手首にはたらりと真っ赤な血が流れた。あっけにとられている私をよそに、彼女は「こうするとスッキリするんだよ」と言い放った。そしてすぐにティッシュで止血した。Nちゃんは母親が勉強に厳しく、小5にして公文式で中学の数学を勉強していた。

それからというもの、私も学校や親のことでイライラするたびにカッターで左手首を切るようになった。Nちゃんの言う通り、確かにスカッとする。そしてジンジンとした痛みが襲ってきて気持ちが良い。

このリストカット癖は20代前半まで続き、実は今でも年に数回やってしまうことがある。しかし、化膿しないよう事前に手首とカッターを消毒して、矛盾しているようだが安全に行っている。これは、私の心を守るための行為なのだ。ガッツリとした跡は残っていないが、飲酒をして身体が火照ると左手首にうっすら横線がいくつも浮かび上がってくる。でも、今まで私が出会ったリストカッターたちは手首が洗濯板のようなケロイドになっている人がほとんどだったので、私のなんてただの浅い切り傷だ。

死ぬためにやっているわけではない。切ると落ち着く。切っているときは小5のときの私がいる。切って数日は切り傷が浮かんでおり、親はそれに気づいていたはずなのに何も言わなかった。当時は「なんで何も言ってくれないの？」という寂しさがあった。他のことには過干渉だったくせに。私は今でもカッターがないと生きていけない。リストカットは私にとって生き延びるための手段だ。

耳がちぎれた

コロナ禍の自粛期間中、時間があり余っていた。最初の頃はAmazonプライムビデオで映画を観ていたが、次第に2時間以上の映画を観る気力がなくなっていき、1話30分ほどのアニメを観るようになった。そこで「残虐アニメ」とも言われて過去に放送禁止になった地域もある『ひぐらしのなく頃に』に大ハマリしてしまった。本編だけでなく、本編の謎を解く『ひぐらしのなく頃に解』も観た。ひぐらしのせいで睡眠不足に陥ったほどだ。2020年10月1日から『ひぐらしのなく頃に』の新作が始まると知ってとても楽しみにしている。時折双極性障害のうつ状態に陥っても「10月からはひぐらしがあるからもう少し生きよう……」と自分を励ましている。

そうやって、気合いを入れないと長い映画が観られなくなり短い映像ばかり観ていたら、いつの間にかYouTubeも毎日のように観るようになった。主にYouTuber化したヴィジュアル系バンドマンや元バンドマンのチャンネル、ゲイYouTuberのチャンネル、タトゥー系YouTuberのチャンネル、そしてピアス系YouTuberのチャンネルを観ている。

大学生の頃、私はピアスにハマって、とにかくたくさんピアスホールを開けて着けていた。親指の爪くらいの大きさまでピアスホールを拡張したこともある。コロナ禍でピアス系YouTuberのチャンネルに出会い、10年以上の歳月を経てピアス熱が再燃した。スタジオで開けるのは1万5000円ほどかかってしまうのと、やはり自粛期間なので、セルフで開けることにした。

大学生の頃もセルフで開けたことがあるが、当時、ピアスを開けるためのニードルは雑貨屋で手に入った。しかし現在は医療用品という扱いに変わり、簡単には手に入らないので海外のサイトから輸入した。過去に開けた拡張ピアスは既に収縮し、ファッションピアスのサイズになっている。私はバランスを考えながら、右耳の上のアウターコンクと呼ばれる軟骨の部位に開けることにした。

久しぶりのピアスは、ピアス系YouTuberの動画を参考にした。用意するものはマキロンなどの消毒液、マーキングするためのペン、ニードル、ニードルを刺す際に後ろにあてがう消しゴム、ピアス、滑りを良くするためと化膿止めの軟膏。これらを用意し、YouTubeの動画通りにアウターコンクに開けた。まるでダンボールに針を刺したかのような「プスッ」という音がしてホールが開いた。そこからピアスに連結させる際、かなりの出血があり、デスクが血まみれになった。それでも新しいピアスを開けられたことに満足した。しかし、化膿してしまい、数日間は膿とジンジンとした痛みと戦うことになった。

それでももっとピアスを増やしたいという欲が止まらず、アウターコンクの痛みが落ち着いた頃、ロブと呼ばれる位置（耳たぶ）に3連で開けた。耳たぶは化膿しにくい部位で、そんなに痛みを感じることはなかった。

そして私はずっと開けたかった、インダストリアルに手を出す。長い棒状のピアスで二つの穴を貫くデザインだ。これがなかなか難しく、予定していたよりもまっすぐに刺さってしまった（本当は斜めに刺したかった）。このインダストリアルの痛みは強く、2カ月くらい枕に耳を下にして寝られなかった。

なぜこんなにピアスを開けるのか。それは一種の自傷行為でもあるし、オシャレを追求するゆえだ。ピアスを開けた瞬間は大量に出血することもある。それでも達成感があるし、ピアスをつけた耳を鏡で見ると惚れ惚れする。

インダストリアルの痛みが落ち着いた頃、私はもう1本インダストリアルを追加した。最初に開けたインダストリアルと交差させようと思ったのだ。これはなかなかテクニックがいる。慎重にマーキングして、ニードルを2本使いする（二つ穴を開けるので）作戦を取ることにした。その作戦は成功し、無事に貫通した。交差するデザインを見て満足し、S

NSにもアップした。しかし、この2本のインダストリアル、着替えや髪の毛をとかす際に必ず引っかかって不便だ。気をつけながら着替えていても服に引っかけて耳を引っ張られ、「いてっ!」となることが何度もあった。

そんなある日、シャンプーをしていたら、インダストリアルのピアスが1本たらんと垂れ下がってきた。最初はキャッチが外れたのかと思ったが、手で触ったところキャッチはきちんとついている。あれっ……? これは、もしかして……。

耳がちぎれた。

鏡で見ると、追加で入れた2本目のインダストリアルの耳の上の部分が欠けている。ホール部分が浅く、服に引っかけたり、シャンプーの際の指の刺激で、裂けてしまったのだ。たまにピアスに失敗して耳が裂けてしまっている人を見かけるが、私もそのうちの一人になってしまったのだ。ショック。やはりお金をかけてもスタジオで開けるべきだった。私は大人しく2本目のインダストリアルを外した。幸い痛みはなかった。

耳の一部がなくなってしまった。もはやピアスは私の身体の一部と思っていたので、喪失感がひどい。耳がちぎれた私は、しばらくこのままの耳で過ごしていこうと思う。もう難しそうな部分は自分では開けない。そして、この憂うつな気持ちを『ひぐらしのなく頃に』の新作で晴らすつもりだ。

立て続けにピアスを開けまくっていた2020年4月の緊急事態宣言中、友人の漫画家とよくオンラインで通話していた。その友人もボディピアスがたくさん開いていて、よく見ると私と同じように耳の一部にちぎれた跡がある。今は寛解しているが、過去に重度のうつ病を患って入院したこともある人だ。そこで、彼も主治医から「ピアスをたくさん開けるのは自傷行為だよ」とはっきり言われたそうなのだ。自粛期間で精神的に参ってしまった私は、リストカットの代わりにピアスを開ける自傷行為に走っていたとも言えそうだ。

02 バンギャル

遅れてきた青春

この世には「バンギャル」という種族がいる（男性の場合は「ギャ男《お》」）。彼女ら、彼らはヴィジュアル系（以下V系）バンドの熱狂的なファンだ。その歴史はまだ浅く、１９８０年代後半のバンドブームあたりが起源だ。V系バンドブームの火付け役となったのがＸ ＪＡＰＡＮだ。

当時のバンギャルの生態を知るには、作家の雨宮処凛さん著『バンギャル　ア　ゴーゴー！』（講談社）を読むのが手っ取り早い。この小説の中でバンギャルたちは好きなバンドマンたちを追いかけ、そして傷ついたり楽しみを共にしたりしている。この本の中のバンギャルたちはバンドマンたちとセックスをすることがステイタスとなっていたり、バンドマンとの打ち上げで食い逃げしたりと、少し極端な面もあるものの、バンギャルたちの生きづらさと希望を描いた物語だと感じている。

一部にはこのようなバンギャルもいるものの、大抵は純粋にバンドを応援してライブを全通（好きなバンドの全てのライブに通うこと）したり、チェキやバンドTシャツなどのグッズを購入したりする純粋な「推し活」のバンギャルが多い。私も19歳からバンギャル界に入り浸り、今も好きなバンドはいるので少しだけバンギャルだ。

小4の頃からGLAYがきっかけでV系にハマったものの、宮崎在住でライブになかなか足を運べなかったので、上京するまではCDだけを購入する「音源ギャ」だった。大学入学のため上京し、実際にV系バンドマンを目の当たりにした私は、遅れてきた青春を取り戻すかのような勢いでバンギャル活動に邁進する。安い夜行バスに乗って名古屋や大阪に遠征をするほど、バンギャル活動にのめり込んでいた。

他の男に夢中になる私に、当時付き合っていた大学院生の彼氏は激しく嫉妬した。ギャ男の友達もできて、その男友達と遊んだだけで怒り狂うこともあった。彼の束縛がエスカレートして我慢の限界に達し、半ば無理やり別れたが、別れてからも1年以上彼は私のSNSを監視し、電話をかけてくることもあった（電話とメールは着信拒否にしたが）。

彼氏と別れてから私のバンギャルライフはさらに充実したものとなった。美しくて可愛いバンドマン。今は2・5次元俳優という言葉があるが、元祖2・5次元はV系バンドマンだと思っている。美しくてカッコいいこのバンドマンたちが3次元を生きているわけがない、でも目の前にいるから2・5次元だと。彼らが演奏する曲に合わせて大暴れしたり、生きづらさを綴った歌詞に共感して涙したりした。

最初は動員500〜1000人ほどの規模のバンドのライブに通っていたが、バンドマンとの距離の近さ、彼らに認知してもらえることに快感を覚え、動員数が数十人ほどのマイナーバンドのライブへ通うようになった。

ここで私はだんだんと悪目立ちするバンギャルとなっていく。動員の少ないバンドをこの手で育てたいという思いのあまり、バンドを私物化するようになったのだ。

例えば、バンドマンの誕生日のライブの日はファンの中心になってケーキを頼んだりスタンド花を注文するようになった。ケーキ代やお花代は他の常連のファンの子から集金した。また、ファンは中高生が多かったためお金に余裕がないと思い、私が多く負担した。それでも一人当たりの負担を少しでも減らしたく、mixi経由でそのバンドのファンらしき人に片っ端からカンパのメッセージを送っていた。これだけならまだ、バンドを健気に応援している子のようだが、他のバンギャルからすると目立って面白くない存在となっていくのだ。

バンギャルやバンドマンが見る5ちゃんねるのような掲示板がある。そこには私の悪口が書かれることが多くなった。が、ほとんど嘘の情報が多かったり、ただの嫉妬心からの誹謗中傷や、明らかに誰が書き込んでいるのかが分かる内容だったので、あまり気にしないことにした。

ライブハウスでは年下のバンギャルたちが「桂さん、桂さん！」と寄ってきてくれる。当時はお姉さん気分だったが、この行為は私と仲良くして、自分の好きなバンドマンを見やすい位置に入れてもらうための策略だったと知るのはしばらく経ってからだった。他のバンギャルに慕われていたのではなく、単に私は利用されていたのだ。

東京近郊のバンギャルたちには、中高生時代からライブハウスに通っている子が多い。そのため、私はライブハウス内でお姉さん扱い、裏ではババア扱いされてきた。20歳を越えたバンギャルはオバンギャと呼ばれるのだ。それ以上の年齢のバンギャルはババンギャと呼ばれることもあるので、33歳の私はもう化石レベルかもしれない。

生きづらいからバンギャルになる？

ライブハウスには年下の子が多かったが、生きづらさに悩む子もこれまた多かった。かつて不良少年や不良少女たちを取材してきた文筆家の鈴木大介さんも「生きづらさを抱えてきたバンギャルを多く見てきた」と言うし、第一、鈴木さんの奥様も元バンギャルで、神宮橋のたもとの住人だったそうだ（１９９０年代の神宮橋にはバンドマンのコスプレや黒服を着たバンギャルたちが集っていた）。

ライブハウスで出会った生きづらさを抱えたバンギャルたちは、現在はもう連絡先が分からなくなった子ばかりだ。特に同じバンドのライブに通っていた子とはほとんど縁が切れ、ギリギリSNSでつながっている程度だ。今、私と仲良くしてくれているバンギャルの友達は、友達の友達として知り合った子が多い。悩めるバンギャルたちは家庭環境が複雑だったり、学校に馴染めず辞めてしまったり、バンドマンに個人的に貢いだりしていた。

親にネグレクトされて食事を与えられず、今で言うパパ活をしていた中学生のユリちゃん（仮名）は、後々、様々な嘘をつき通していたことが分かった。まず、聞いていた名前と本名が微妙に違った。ヤクザとの付き合いがあったので、偽名を使っていたようだ。そして、「勉強はできるから髪を染めても親に何も言われない」と言っていたにもかかわらず、バンドマンの誕生日祝いに寄せ書きする際、小学生レベルの漢字が書けなかった。他にも多くの矛盾点があり、その度に私は首を傾げていた。一緒にご飯を食べたときに彼女は握り箸で、当時の私は引いてしまった。でも今思うと、食事のマナーすら親に教えてもらえないかわいそうな子だったのだろう。

ユリちゃんは定時制高校に進んだものの、学費を稼ぐために飲食店や清掃など多くのバイトを掛け持ちして体調を崩し、すぐに学校を辞めてしまった。そして、当時流行っていたJKリフレで働き始めた。そのうちJKリフレが児童買春の温床になっていることが社会的問題となり、危機感を覚えたのか辞めた。その翌日、彼女が働いていた店にガサ入れがあり、その店で働いていた女子たちが保護されたとのことだった。その後キャバクラのキャッチに遭い、キャッチに偽造免許証を作ってもらって16歳にしてキャバ嬢になった。

17歳のミカちゃん（仮名）も、未成年でありながらキャバクラと風俗をかけ持ちしていた。働いていた店が西川口というのもなんだか場末感がある。ミカちゃんはよく私にすり寄ってきていたが、別の子から「ミカちゃん、桂さんの悪口言ってましたよ。〇〇のライブに無理やり誘われたって」と聞いて仰天した。私は一度もその子の言うライブに誘ったことも、行ったことすらもなかったからだ。おそらく、何らかの精神疾患を抱えており、虚言癖があるようだった。のちにミカちゃんは通っているバンドのボーカルの金銭的なお世話（スポンサー）をやっていたと知った。

複雑な家庭で育って進学できず学歴がないため風俗の仕事しかできないアヤちゃん（仮名）は、私と同い年だった。部活に入ることも許してもらえないような毒親に育てられていたため、16歳で家を飛び出した。親に見つけ出されないよう、役所で住民票を調べられない手続きを取っていた。アヤちゃんはソープ嬢だった。一度だけライブ以外で会って二人で飲んだことがある。そのとき、サラリーマン二人組にナンパされた。私は戸惑ってしまったが、アヤちゃんは上手いことかわし、サラリーマンが去った後「話しかけてくるなら1杯くらいおごれよ」と、ぶつぶつ文句を言っていた。今の私なら面倒なナンパをアヤちゃんのように適当にあしらえるが、当時は何もできなかった。仕事柄、面倒な男どもを操るテクが同年代よりも長けていたのだと思う。

カオリちゃん（仮名）はバンギャル卒業後、単体のAV女優になった。そして、ホストに何百万円も使っていた。ある日、ホストに嘘をつかれたと言って飛び降り自殺を図ったが、骨折だけで一命を取り留めた。その後、所属事務所や関係者に向けたと思われる意味深な愚痴ツイートをしてからアカウントが削除され、表舞台から姿を消した。今、どこで何をしているのかは知らないが、高級風俗店で働いていると風の噂で聞いた。

ユキちゃん（仮名）はバンドマンから「お金が必要なので風俗で働いてほしい」と言われ（彼には年齢を誤魔化して逆サバを読んでいた）、高校を辞めてしばらくは援助交際で食いつなぎ、18歳で正式に風俗デビュー。毎回会うたびに5万円ほど彼に渡していたようだ。しんどくないのかと問いかけたところ「彼と会う時間を買っている」と言っていた。もともとメンヘラ気味だったが、徐々にリストカットの頻度が増えていき、手首には洗濯板のような縞模様が浮き出ていた。最終的には「彼に人生を狂わされた」と言って精神病院に入院してしまった。

親の過干渉で苦しんでいる高校生のルイちゃん（仮名）もいた。ライブに行くことも本当は親に禁止されているため、親に嘘をついてライブに来ていることが多かった。きっと、家や学校では優等生を演じているのだろう。

思い返してみると、中高生以外は水商売や風俗で働いていた子が多い。お水や風俗はシフトの自由がききやすく短時間で稼げるので、全通しやすいことも要因の一つだろう。V系の歌詞には「闇」を暗示するものが多い。私を含め彼女たちはそんな音楽と、ステージでのきらびやかなバンドマンの姿に惹かれていた。ライブハウスは生きづらい女子たちのたまり場だったとも言える。

得たものと失ったもの

私はバンギャルになったことによって失ったものも得たものも両方ある。失ったものは一般男性との出会い。得たことは生きづらさを抱える子たちとの出会いだ。

美しいバンドマンしか見ていないので一般男性を見てもときめくことがほとんどない。

バンドマンは今やトークスキルも求められているので、一般男性と話していてもつまらないことが多い。バンドを辞めてホストに転職するバンドマンもいるほどだ。著名人男性と取材などで接することがあり、そういう男性とならば話が弾む。

私は婚期を逃している。

私はバンギャルになったことにより、男性の理想が高くなってしまったのだ。そして今、私は婚期を逃している。マッチングアプリに登録してみたこともあったが、全然ピンと来る人がいない。やはり私はバンドマンや元バンドマンなど、あの現場を知っている人とでないと分かり合えないのだ。

生きづらさを抱えたバンギャルたちとの出会いは、今の仕事にも繋がっている。きっと彼女たちの何人かは発達に偏りを持っていただろうし、精神疾患を持つ人もかなり多かっただろう。生きづらいからバンギャルになるのか、バンギャルになったことによりバンドマンが好き過ぎて金銭面の援助などが負担となり病むのか、鶏が先か卵が先なのかは分からない。でもバンギャル活動を通じてそんな子たちと出会い、縁が切れてしまったり裏切られたりしてしまった子もいたものの、私の生き方にはマッチしていたように思う。

03 バンドマン

メイクの圧とすっぴんの落差

土曜日の少し夜遅い時間帯にやっているTV番組『有吉反省会』（日本テレビ系）には、たびたびヴィジュアル系バンドが出演してバンギャルたちがどよめく。過去にはPsycho le Cémuや己龍、真天地開闢集団ジグザグなども出演。すっかり市民権を得たゴールデンボンバーとは違い、多くのV系バンドは地上波の番組になかなか出演できないのだ。最近だと2020年12月に、ダウトというバンドが出演。ボーカルの幸樹さんは2015年から演歌歌手の花見桜こうきとしても活動しているため（ちなみに花見桜こうきの名付け親はゴールデンボンバーの鬼龍院翔）バンド活動の際にも演歌っぽさが出てしまう癖があることを反省する内容だった。

いちバンギャルとして、彼らの地上波出演は純粋にうれしい。でも、バラエティ番組が主なため楽曲を披露することまではできない。以前、バンギャルの大先輩である雨宮処凛さんに「テレビに出ることはできても演奏はできないってどう思いますか？」と聞いてみたところ「テレビに出られるだけ良いと思うよ」という返答が来た。そうか、世間はV系バンドに厳しいのか……私はもっとゴールデンボンバー並に他のV系バンドが受け入れられてほしい。

私はなぜV系バンドマンが好きなのか？　担当編集にそう問われてすぐに答えが出なかったが、きっと非日常を与えてくれる存在だから、というのが一番大きい。

V系バンドマンにもいろいろ系統がある。漆黒の闇をテーマにしてエナメル素材でへそ出しの衣装を着ているバンドマン、医者ロックをテーマに白衣を着て拡声器で歌うバンドマン、打ち込み音をメインにした楽曲でインベーダーゲームのような世界観を繰り広げるレトロな雰囲気のバンドマン、白塗りメイクに和服でまるで寺山修司を思わせる歌詞を書くバンドマン、女性目線の歌詞をなまめかしく歌い上げるバンドマン。挙げ始めるときりがない。V系は世界観が命なのだ。非日常がそこにはある。非日常はなんと美しいのだ！！！

そして一番の特徴はメイクだ。薄い顔ほど濃いメイクが映える。バンドマンがメイクをして演奏をする姿はこの世で一番カッコいい。また、メイクはステージ上だからこそ映える。出番が終わって物販に出てきたバンドマンたちはメイクの圧がある。この圧も私は好きだ。そして、メイクを落とした後のすっぴんも大好物だ。この人、こんなに目が小さかったのか、メイクの力、すごい！　となる瞬間もよだれものだ。

インストアイベントなどでのトークも面白い。V系バンドマンは一粒で二度も三度もおいしい。思うに彼らは求められているものが多過ぎる。まずは見た目。何もすっぴんが美しければ良いとは限らない。すっぴんがブサイクでもメイクでカバーすれば良い。そして演奏力、パフォーマンス力、さらに営業力。これらを全て網羅できているバンドマンが売れている人の中にはとても多いのだ。

インストアイベントではトーク＋サイン会or撮影会という場合が多い。撮影会の前は大好きなバンドマン様のお目にかかるため、みんな化粧直しと香水のふりかけに余念がない。とあるバンドのインストアイベントの撮影会では、隣に座ったイケメンのメンバーからぎゅっと肩を抱かれて口から心臓が飛び出すかと思った。これは色恋営業の一種だ。営業だと分かっていても、その瞬間私は乙女の顔になる。

私自身もバンドマンも「普通じゃない」生き方をしている。本来なら学校を卒業したら就職して独り立ちするのが普通だ。でも私はＯＬ時代、あまりの手取りの少なさに家賃の半分を親に出してもらって親の脛をかじっていた。バンドマンはきちんとバイトをしている人もいるものの、ツアー本数が多いと働けず、女性ファンのスポンサー（業界用語で「蜜」と言い、その女性は水商売か風俗嬢が多い）のお金で生きることになる。そこは共通点を感じる。

700円のカフェラテ

21歳の頃、私はとあるバンドマンに本気で恋をする。すっと通った鼻筋が美しく、横顔がまるでCGのようで、目はリスのようにクリッとしている男だった。そしてステージ上での立ち振舞いはどこかフェミニンでミステリアスだった。動員の少なさゆえ（多い日でも50名ほど）、この距離の近さならイケるかもしれない。そう思った。ライブ後にはバンドマン自身が物販に出てくるため、他のバンギャルを押しのけてまでギリギリまでバンドマンとの交流を楽しんだ。ファンレターは3年間で合計100通以上出し、最初の頃は返信ももらっていたし、「秘密だよ」と特別にデモ音源をもらったこともあった。

そんな中、東日本大震災が起こった。イベント事は全体的に自粛傾向で、できるだけ電気を使わないアコースティック中心のライブも行われた。この年は震災をきっかけに結婚するカップルが増えたという報道があった。実は私とそのバンドマンの距離が近づいたきっかけも、震災の余震で不安な思いをしていたときに彼がSkypeで話を聞いてくれたことだった。

その矢先、バンドが活動休止してしまった。ライブがなくなってしまったら彼には会えなくなる。落ち込んでいたところ奇跡は起こるもので、なんとそのバンドマンからデートのお誘いの連絡が来たのだ（チケット購入の際の手続きで向こうは私のメアドを知っていた）。お誘いの連絡が来た瞬間は目を疑ったし嬉しかったが、遊ばれないかの不安もあった。

1回目のデートは夜の喫茶店だった。帰り際、彼はしきりに「トイレに行きませんか？」と私をトイレへと誘導した。特にトイレには行きたくなかったので一度は断ったものの、しつこいので「そんなに言うなら……」とトイレを済ませてきた。すると、既に会計が済んでいた。そう、彼は会計をしたくて私をトイレに行かせたのだ。私はこの日、24歳にして初めて男の人にごちそうになった。700円のカフェラテだった。今までこんなふうに男性からおごってもらえる経験がなかったのでうれしさと驚きが二重でやって来て、何度も「ありがとうございます」と頭を下げた。

2回目のデートも夜の喫茶店だったが、店を出た後「お散歩しましょう」と言われ、池袋の西口公園あたりを手をつないで歩いた。散歩中は常に彼が車道側を歩いてくれた。なんだこのお姫様扱いは!?　夢を見ているのではないかと思った。

そして、3回目の喫茶店デートのお散歩の最後、池袋の西口公園のベンチでキスをされ、耳元で「好きですよ」と告白されて付き合うことになった。身体から力が抜けてフニャフニャになってしまった私を彼は何度もぎゅっと抱きしめた。

しかし、バンドは活動休止中とは言え、彼はソロや他のバンドのサポートメンバーとしても活動していたので交際が表立ってはいけない。私は一部の仲の良い子にだけ話して、彼は誰にも話さないという秘密の交際が始まった。

美しい男性にはおちんちんが付いていてほしくない

バンドマンの彼との交際は1年半ほど続いた。最初、彼からセックスを迫られたとき、私は大いにショックを受けた。こんなに綺麗な顔の彼の下半身におちんちんが付いていて性欲があるわけがない！　しかし全裸になった彼にはおちんちんが付いていた。こんなこと言うとトチ狂っていると思われそうだが、美しい男性にはおちんちんが付いていてほしくない。でも、生物学的には男だからおちんちんが付いていて当たり前だ。私はステージ上の彼とプライベートの彼の見分けがまだついていなかったのだ。

そんなセックスショックも乗り越え、順調に交際を続けていたが、だんだんと二人の関係に陰りが出てくる。私は彼の友達とも友達になりたい、けれど彼はバンドが大事。交際がバレるとファン減少につながるため、それはできない。

私が発達障害特性で癇癪を起こしたこともあった。それは引っ越しの日。手伝いに彼が来てくれていた。引っ越し業者は昼過ぎに来る予定とのことだったので、一旦荷詰め作業を休憩してお昼ごはんを食べていると業者から電話が。なんと、前の現場が早めに終わったので今から向かうと言うのだ。部屋にはまだあと荷詰めに1時間ちょっとはかかりそうなほど荷物がある。慌てて作業に入るも、すぐに業者が到着してしまった。私はこれはこのダンボールに入れてこれはこっちのダンボール、ときちんと分けたいのに、業者はとにかく時短優先でポイポイ種類かまわずダンボールに放り投げていく。この時点でもう私の心は悲鳴を上げていた。

決定打は家を出る直前に履こうと思っていた靴下を業者がダンボールに詰めてしまい、石田純一のように裸足に靴で移動せざるを得なくなってしまったことだった。荷物のなくなったがらんどうの部屋で、私は大爆発してしまう。「靴下がない！」と泣き叫んだ。彼は赤子をなだめるように私をあやし、自分の靴下を脱いで私に履かせ、彼自身は石田純一スタイルで移動した。このときの彼の、私の扱いはよく覚えている。

こんな優しい彼に私は精神的にも経済的にも頼りまくっていた。基本的にデートは私の家が多くなった。彼の家まで出かけるのが面倒だったからだ。すっぴんに部屋着で色気もない。外食時は当たり前のように彼に出させた。いや、一度だけボーナスの入った日、食事をおごったことがあるが、いつも彼が出すのが普通となってお礼を言わなくなっていた。初めてのデートで700円のカフェラテをごちそうしてもらったときの興奮をすっかり忘れてしまっていたのだ。

彼が転職（それまではバイトだった）のストレスをきっかけにアルコール依存症気味になっていったこともあり、甘え過ぎる私との諍いが絶えず、振られてしまった。しかも超勘違い女だった私は、彼が正社員になったのは私との結婚を考えてくれているからだと思っていた。なんと恥ずかしい……。

しかも振られる直前に彼は、ライブで共演したガールズバンドの子に告白され、その子と付き合おうと思うと私に言ってきたのだ。そのとき彼は相手の名前は出していなかったが、誰なのかはすぐに判明した。なんと彼女が私のTwitterをフォローしてきたからだ。彼女と私に接点はないし、挑発していたとしか思えない。なんとも嫌な女である。

その後、その彼女が相手かどうかは定かではないが彼は結婚した。冗談なのか本気なのか分からないネタをTwitterで書く人だが、「結婚する」というツイートにこれはマジモノだ、と直感した。バンドメンバーたちが「いいね」をしていたからだ。私が「結婚するんだね」とメールするとその該当ツイートは削除されていた。その前後にも「生きていて一番緊張した」と花束の写真と共に結婚式の匂わせツイートをしていた。彼が結婚したことを知ったときは二度目の失恋をした気がして、しばらく何もできなかった。母親から「話を聞こうか?」とLINEが来たが絶対に泣いてしまうので拒否した。

それ以降、6年間ずっと彼氏がいない。たまに、彼と付き合っていたときに一度だけ旅行した箱根温泉での写真を懐かしいなと思いながら眺めている。そして、未だに彼の夢を見ることが多い。

もうバンドマンしか愛せない?

今も好きな人はいるが、これまたバンドマンだ。もう私はバンドマンとしか恋愛できないのかもしれない。

私がライターとして知名度が上がって本を出した頃、10年前に好きだったバンドのメンバーのタクトさんから出版祝いのTwitterのDMがきた。私は特に彼のファンということではなく、同じバンドの別のメンバーのファンだったが、バンドマン様からの連絡だ〜!と舞い上がり、彼のファンのフリをしてDMを続けるうちに、本当に彼のことが好きになってしまった。彼はプライベートについて詳しく教えてくれ、現在は地方に住んでいると知った。話は盛り上がってLINEの交換となり、親しく連絡を取り合う仲になった。お互い一番意識していたときは毎日2時間も電話をしていた。このように個人的に連絡を取り合う関係をバンギャル用語で「繋がり」と呼ぶ。

タクトさんが現在やっているバンドをきちんと見たことがなかったので、ライブにも足を運んで、ライブ後やライブ数日前のスタジオ終わりの最終の新幹線までのわずかな間に会ったりした。タクトさんは交通費もかかっている上、決してお金に余裕があるわけではないのにデート代も出してくれた。ステージ上でのタクトさんは輝いていて、一人ひとりに握手をしてファンサービスも素晴らしかった。学生時代に痛いバンギャルになってしまった過ちを繰り返さぬよう、こっそりとライブに通い、常連とも交流を持たなかった。ライブ後は彼が他のファンと話を終えてから彼のもとに話しに行くようにした。

けれど、いくら地方に住んでいて仕事も忙しいからとは言え、きちんとしたデートはたったの4時間で1回しかしていない。しかもそのデートの合間に1時間だけ私の仕事の打ち合わせが入ってしまったため「1時間だけどこかで時間をつぶして待ってて。その後デートの続きをしよう」と言ったのに、打ち合わせが終わった1時間後、スマホを見ると「体調が悪くなって倒れそうなので先に帰ります」とLINEが来ていた。体調が悪くなったのは仕方ない。でも、たった1時間なら待って再び私の顔を見て「ごめん、体調が悪いから帰るね」と、直接お別れの挨拶くらいするもんじゃないのか。

それにライブも本来なら「繋がり」はパスを出してもらえてドリンク代のみで入れるのに、タクトさんはパスを出してくれず、いつも私はチケットを買って入場していた。図々しいのではないかと思い「パスを出してよ」なんて言えなかった。きちんとしたデートはたった一度だけで、あとは新幹線の見送りの20分だけが、私たち二人きりの時間。もう少し二人の時間を作れるものじゃなかろうか。ふつふつと不満がわいてくる。

もう2年近くもこのような関係が続いているが交際には発展していない。タクトさんが家庭の都合で実家に戻り都内のライブには日帰りか1泊で遠征していること、仕事が忙し過ぎることが原因だ。特にコロナ禍の今はライブが延期や中止になって、もう半年以上会えていないし、職場もクラスターが出ないようピリピリしているらしく、LINEも数週間ない。

このまま自然消滅するかもしれないが、33歳の誕生日のLINEはほしいと頼んだところ、約束通りお祝いLINEを送ってくれた。正直、これで誕生日を無視されてしまったらきっぱりと諦めようと思っていたので、またずるずると微妙な関係を続けてしまっている。誕生日LINEも頼まないと送ってくれない人。それでも私は彼に執着している。

タクトさんは私を助けてくれた恩人でもある。私の摂食障害の拒食がひどく、何も口にできなかった時期、「僕が桂さんを介抱します」と言ってくれ、その一言でご飯が食べられるようになったのだ。1年以上ご飯を完食できず、ガリガリに痩せていた私がハンバーグもカレーも唐揚げもラーメンも食べられるようになったのだ。実際にカラオケ店で「あ〜ん」とスプーンでガパオライスを食べさせてくれた。タクトさんの仕事は医療関係。スプーンに乗せる量も口に持っていくタイミングも最適だ。

タクトさんは新幹線のホームで、いつも乗り込む直前にハグとキスをしてくれる。まるでドラマのようだ。そんな経験も初めてだったので誰かに見られていないか恥ずかしくてたまらなかった。「あなたには心の病気を治す力がある」と言ったが「そんなものはない」とタクトさんは笑った。

こんな甘い気持ちも、おそらくもうすぐ消えゆくと思う。やはり遠距離なのと忙し過ぎる仕事とバンドの両立、そしてコロナ禍は高過ぎる壁だ。バンドマンは遊び人が多くて付き合ってはいけない3B（バンドマン、美容師、バーテンダーなど女性を相手にすることの多い職業）と言われているが、私が付き合ったり親しくなったりしたバンドマンはみんな真面目だ（と思いたい）。

04 自己肯定感

本当に服変えるなんてドン引きする

私は今まで出した本が全て発達障害に関するものだったため、よく取材で発達障害当事者と接していた。その中で必ず出てくる単語が「自己肯定感」だった。彼らは小さい頃から失敗を積み重ねて怒られてきたため、自己肯定感が育たず悩んでいる人が多かった。そもそも自己肯定感とは何だろうと紐解くと、「今のままの自分でいいのだ」と思える考えのことだ。書店に行くと、自己肯定感を上げるための本がずらりと並んでいる。これはここ2、3年の傾向であるように感じる。

私は「今のままの自分で良い」と思ったことがほとんどない。自分はダメなところがこんなにある、でもどうすればいいのか分からない、という波の中で溺れかけていた。ここで情弱な人は意識高い系で悪質なネットワークビジネスに引っかかってしまう危険性がある。しかし意識の高くない私は運良くそのような詐欺ビジネスには引っかからず、今日までやって来られた。そして私の自己肯定感の低さは、男性との接し方へも影響を与えたのだった。

就活中に摂食障害の拒食症で10kg近く痩せたが、社会人になると次第に体重が戻り始め、47kgをキープしていた。ところが、ライターを始めてしばらく経った29歳の頃、第二次摂食障害の拒食症が始まり、最低で40kgまで落ちた。ちなみに身長は156cmなので痩せ過ぎである。この第二次摂食障害の原因は男である。仕事を通じて出会ったとある男性、ヨウヘイ氏だ。

私をジワジワと殺していったのは、当時私に一瞬好意を抱いて言い寄ってきたヨウヘイ氏からの言葉の暴力だった。仕事以外で私を求めてくる男性はいなかったので、私は後に彼に依存することになった。ちなみに、お付き合いはしていない。というかしてもらえなかった。

「なんでそんな、田舎の女子大生みたいなダサい服着てんの？」

ある時ヨウヘイ氏にそう問いかけられた。当時、私はOLっぽい小綺麗ないわゆる「彼ママウケする服」を着ていた。このブランドは母が大好きで、帰省する度に一緒に買い物に行き、試着室で私に着せて「いいね」と褒め、多いときは一度で6万円分近くの服を買ってくれた。学生時代に仲の良かった友達もこの界隈のブランドが好きで、一緒に買い物に行き、色違いでお揃いの服を買ったこともある。そんな友達との楽しい思い出までも彼から踏みにじられたように感じた。

服装を否定された。もしかして私は、とんでもなく変な格好をしていて、それを見てみんな嘲笑しているのではないか。そんな妄想に囚われ、外を出歩けなくなってしまった。それを見かねた友達が、私に似合いそうなカジュアル系ブランドの店に連れて行ってくれ、そこで大量に試着をさせた。着慣れない服に「着せられている感」が否めなかったが、試着室を覗いた友達と店員さんはベタ褒めしている。それからも何度か友達に買い物に付き合ってもらい、私は完全に服装を変えた。ロングだった髪もバッサリと切ってボブにした。頭のてっぺんから足の爪先まで全て変えることは大きな勇気を必要とした。

ところが、ここまで努力して変えた服装を見たヨウヘイ氏の反応は「本当に服変えるなんてドン引きする」だった。お前が変えろと言ったんだろうが。彼いわく、以前の私の格好は個性がない、そして人に言われてから変えるなんてもっと「個」がない、とのことだった。「人の顔色をうかがっている姿にイライラする」とも言われた。明らかにモラハラ発言であるが、そのときの私はモラハラをモラハラと気づけなかった。なぜ私にモラハラを繰り返すのか、疑問に思って聞いてみると「だって服装をディスって本当に変える人、今まで出会ったことがないもん」と。

友人数名に「好きな人が好む服装をした経験があるか」と聞いたところ、全員からイエスという答えが返ってきた。おそらく、彼が健気な女性を見ていないだけ。厳しい言い方だが、半径5m以内の人物しか見えていないのだろう。なんと狭い視野で生きてきたのだろうかと気の毒にさえ思う。

度重なるモラハラに「私を見下してもいい存在と思っているからそのようなことを言うのでは？」と彼に問いただしたこともあった。しかし「僕は君と同じ視点だからこそ、もっと良くなってほしくてアドバイスをしているんだよ」と、言い訳めいたセリフを吐かれた。そうやって服装を変えた私に対して「前より良い女になったじゃん」と、上から目線で彼が言い放ったこともあった。

文章でやり返せ

ヨウヘイ氏からモラハラを受け続けてきた私であるが、他の30代女性でもモラハラを受けた経験がある人がいるかもしれない。そう思い、Twitterでアンケートを取ってみた（投票数153票）。結果は「ある」がなんと75％、「ない」が25％で、多くの女性にモラハラ経験があることが分かった。

中でもリエさん（仮名・32歳）のモラハラ経験は壮絶だった。元々、父親がモラハラ気質で家庭では母親を怒鳴っていたという。そしてリエさんの元彼は何か気に入らないことがあると「自分の悪い点を明日までに1万字書いてこい」と言うような男で、そのときに父親のモラハラがフラッシュバックしてしまったという。当時は自分がいけないのだと思い込んでいた。また「なんでお前は俺が言ったことを守れないんだ」「好きだったら俺の言う通りにできるだろ」などの暴言を受けてきた。そんな彼とは別れるのも大変で、連絡先を変えるなどして接触を絶ってようやく別れられたという。

カナエさん（仮名・32歳）は今現在、職場でモラハラを受けている。業務はチャットで行われることが多く、みんなが見ているチャット上で上司から「〇〇さんのせいで」や「〇〇さんは何も分かっていない」など発言されるそうだ。そして、カナエさん含めモラハラのターゲットとなるのは決まって、絶対に口答えをしない人だという。過去の私もヨウヘイ氏に口答えをしなかった。だからどんどんモラハラがエスカレートしていってしまったのだ。

マリエさん（仮名・36歳）は元彼から共通の友人の悪口を言われ「あの人とは付き合うな」と人間関係を制限されて孤立してしまった。そのときはやはり多くのモラハラ被害者と同様、自分がいけないのだと思っていた。モラハラ加害者は被害者を追い詰め「自分が悪い」と思わせる手口に長けているのだ。

ヨウヘイ氏と身体だけの関係が半年ほど続いた頃、彼に突然20歳も年下の美大生の彼女ができた。確かにこの関係は「僕に好きな人ができるまでね」と偉そうに言われていたが、ついにその時が来てしまった。彼に好かれようと服装を変えたことや、(彼とは仕事上の付き合いもあったので)頑張ってきた仕事など、私が彼に好かれるために、犠牲にしたり積み上げてきたもの全てが崩壊した。

10年前にも一度やってしまっている摂食障害をぶり返し、私の体重はみるみる落ちてガリガリになった。体重が軽過ぎて、ノートパソコンと一眼レフカメラを入れたリュックを背負ったまましゃがむと、後ろにひっくり返ってしまうほどだ。摂食障害は最悪命を落とす障害だ。私の認知は歪み、痩せているのにまだ太っているように鏡に写って見えた。

「幻聴が聞こえて涙が止まらなくて頭が回らない。原稿が、書けない」

レギュラーで記者をしている雑誌の入稿日に、キーボードの上の手が止まってしまった。担当編集のTさんにあらかたの事情を話した。「何言ってんだ。お前は物書きだろ? だったら文章でやり返せ」。そんな喝と、「時間がかかってもいいから一緒に頑張ろう」という温かい一言をくれた。Tさんの優しさに泣きながら原稿を書き、何とか〆切通りに入稿をした。

「文章でやり返せ」。その言葉の通り、私は一層仕事に励んだ。結果も出した。私を救ってくれるのはもう仕事しかなかった。今もこうやって文章でやり返している。

孤独と依存はセットである

ヨウヘイ氏に彼女ができてからも身体の関係は続いていた。私が強く引き止めたからだ。そのときは、やっぱり若さと、私が持っていない芸術的センスを求めていたのか、と落ち込んだが、彼との共通の友人経由でよくよく探りを入れてみると、私の前には30代後半の女性に手を出し、やはり私と同じように傷つけて彼女のメンタルをボロボロに追いやっていたという。その前には女子大生と付き合っていたと聞いた。彼にとってあまり年齢は関係なく、相手の女性よりも自分自身が大好きで、自分の都合の良いように解釈して支配できる女性が好物の、正真正銘のヤリチンクズ男だったのだと推測している。

ヨウヘイ氏からは服装を散々ディスられた挙げ句「2万くれればセンスの良い服買ってきてあげるよ。付き合ってないから一緒に買い物には行けないけど」と言われたことすらある。当時は自分がとんでもなくおかしな格好をしていると思っていたので「2万用意するので頼みたい」と願い出ると、「え、本気にしたの?」と鼻で笑われた。

私は精神的に未熟なゆえ、ヨウヘイ氏のモラハラ発言と、彼とのインスタントなセックスに依存した。彼にとってのセックスは愛情ではなく、支配、そして手軽に快楽を得るための自分勝手なものだったのに、私は錯覚の愛でもいいと自分に言い聞かせてその関係を続け、血を流している心に絆創膏を貼り続けた。

なぜ私は彼のモラハラを受け入れていたのか。今になって考えると、自己肯定感の低さが原因にある。今も決して自己肯定感が高いほうではないが、自分がダメだからこの人の言うことに従わねば、という一種の洗脳状態にあったように感じる。

ヨウヘイ氏とはフィーリングと趣味も合わなかった。私は彼と正反対のものが好きだ。彼はカウンターカルチャーを好み、私はサブカルチャーを好む。だから一緒にいてもどこかよそよそしい。私たちは何もかも噛み合っていなかった。けれど、精神的に自立していなかった私は、私に興味を抱いて近づいてきたヨウヘイ氏、しかもモテるヨウヘイ氏(出会いに困ったことはないそうだが女性トラブルは多い)に側にいてほしかった。

精神的に自立できていないと、様々な弊害、時には人生の破滅へ向かうこともある。以前、作家の中村うさぎさんが、会社員時代には経済的には自立していたが「孤独」という病に侵されていた、と語っていた。そのため作家デビュー後、買い物依存症に陥り、最終的には出版社から印税を前借りしてブランド物を買い漁る生活にまで堕落してしまった。孤独と依存はセットなのだ。

大先輩作家であるうさぎさんに自分を重ねることは大変恐縮ではあるが、以前私が唯一誇れたことは「若手ライターにしては仕事ができること」だった。会社員時代のうさぎさん状態である。私にできることはライターという仕事しかなかった。仕事ができる自分に陶酔し、そしてもっと仕事を頑張れば収入が増えて、愛だってお金で買えるかもしれないとホストクラブに通ったこともあった。

しかし、ホストたちが求めている額のレベルは違った。一度の来店で3、4万円しか使わない客には最低限のサービスしかしてくれない。コンビニで買えば1缶105円の「カロリ。」がホストクラブという名のディズニーランドでは4缶で3万円に化ける。300万円のシャンパンタワーでも積まない限り、私が求めている、チヤホヤしてくれるホストなんていないのだ（そうではない、細客をこまめに大事にする営業方法のホストもいるけれど）。

私は自己肯定感の低さと精神的に自立していなかったことからヨウヘイ氏に依存し、そして30歳のときにメンタルが崩壊した。でも幸いにも私には理解のある友達がいた。友達に癒やしや承認を求めたこともあったが、それでも私は完全には満たされなかった。私が欲していたのは、優しくて尊敬し合える男性からの承認だったのだと今なら分かる。現に、片思い中のバンドマンのタクトさんと良い雰囲気だった頃、拒食症が回復へと向かっていた。依存先が分散され、客観的なものの捉え方ができるようになったことから、今の私は健康的な依存の状態だと主治医に言われている。

類友なのか、私の友達にもそれぞれ「孤独」を抱えている子が多い。連絡が1カ月も取れなくなり、最悪の場合一人暮らしの部屋で孤独死しているのではないかと心配し、彼女の職場の人に彼女が出勤しているか連絡を入れたこともあった。結果、誰とも連絡を取りたくないほどうつ状態に陥っていただけできちんと仕事には出ていて、とりあえず生きていたことに安心した。

高校時代や10年ほど前は「このまま一生、目が覚めなければいいのに」と思いながらベッドに入っていた。成人してからは酩酊状態になるまでアルコールを摂取して、倒れるように眠りに落ちていた。軽いアルコール依存症だったのだと思う。20歳そこそこの若者からすると、アラサー女性の「年齢なんて記号」という言葉は若さへの嫉妬や言い訳のように聞こえるかもしれない。恥ずかしながら私も、10代後半の頃はそう思っていた。

でも、実際に年齢はただの記号であり、重要なのは精神年齢なのだ。実年齢を重ねたって、いつまでも精神的に自立できずに苦しんでいたり、身近な人を傷つけている大人だっている。ヨウヘイ氏だって実年齢はアラフォーだが、精神的に自立できず多くの女性を傷つけてきたのかもしれない。

先日私は33歳を迎えた。たくさんの人からお祝いのメッセージが届いて嬉しかった。今後も笑顔で毎年誕生日を迎えたいし、もっともっと精神年齢の発達にも期待したい。しかし、どうすれば自己肯定感を保てるのかは未だ不明のままなので、そこも模索していきたい。自己肯定感が安定したとき、私の摂食障害も寛解するのではないだろうか。

05

顔出し

顔出し女性のリスク

私は顔出しで仕事をしている。ライターを始めた頃は顔出しをするつもりはなかったが、周りから強く勧められたのと連載媒体からプロフィール画像を求められることが多いこと、本当は文章だけで勝負したいが容姿を晒すことで有利になるならと、思い切って顔出しを決意した。しかし、女性が顔出しで表舞台に立つことで、危険な目に遭いやすくなるのもまた事実だ。

顔出しで仕事をしている女性の多くが「Twitter などで男性から「二人きりで会いたい」など、セクハラともとれるメールやDMをもらっていることをご存知だろうか。中には卑猥な内容・画像のメッセージを送られてくる人もいる。私も一時期、そのような内容のDMが増えたため一時的にDMを閉じていたことがある。

2016年、小金井ストーカー殺人未遂事件が起こった。シンガーソングライターとして活動する女性が、ファンを自称する男にストーキングされ、ナイフで20カ所以上刺されて重傷を負わされた。被害者女性は、一時心肺停止状態にまで陥っている。

2018年には、当時NGT48のメンバーだった山口真帆さんがファンの男性二人に自宅を特定され、自宅の前で暴行を受けた事件があった。なぜか被害者である彼女が謝罪をさせられ、加害者は不起訴となった。最終的に山口さんは所属事務所から「会社を攻撃する加害者」と言われていたことを明かし、「今の私にNGT48のためにできることは卒業しかありません」と言い残しグループを後にした。

二人とも、心身共に深い傷を負っていると予想され、心が痛む。このように、女性は表舞台に立つことで、時として命の危険に晒されることもある。私を心の病へ追いやったモラハラ男のヨウヘイ氏にも、女性が表舞台に立つことのリスクを全く理解していないと思われる行動があった。

私がヨウヘイ氏の彼女の存在に気づいたのは、彼のSNS投稿だった。ある時期から知らない女の子の写真をアップするようになった。それも、ピースサインなどの決めポーズではなく、隠し撮りっぽいものや、「#ファインダー越しの私の世界」というハッシュタグが付いていそうなオシャレ写真に近いものだ（実際にはハッシュタグは付けていなかったけど）。ヨウヘイ氏は彼女とはSNSで一切繋がっていないと言っていた。彼女はおそらく、SNSに自分が写った写真を投稿されていることを知らないのではなかろうか。

彼女の写真をガンガンアップするヨウヘイ氏のSNSを見ることで、精神的に大ダメージを喰らい、半日動けなくなることも多かった。だったら見るなという話だが、どうしても気になってSNSストーキングをしてしまうのだ。

SNSストーキングして気づいたこと

ヨウヘイ氏は私とのセックスでハメ撮りをすることを好んだ。最初は嫌で拒んでいたもののの、あるときふと思い付く。あえてハメ撮りをさせて、彼女に浮気の証拠として送り付けようと。彼は私がハメ撮りを許可すると、喜んでベッドの縁にスマホをセットした。その際「もうちょっとこういう角度の方がいいんじゃない？」と彼の顔が映る角度にセッティングし直した。

セックスの後、「あの動画、ほしいな♡」とLINEすると、その動画が送られてきた。このとき心の中でヨッシャとガッツポーズした。最後の切り札に、この動画を使うのだ。そうすれば彼は彼女を失うし、SNSにでもアップすれば仕事だって失うだろう……今思うと、当時の私の思考回路は相当ヤバい。自分のセックスする姿は人に見られてもいいと思っていたのだ。それほど私は彼に依存し憎んでいた。

ヨウヘイ氏のSNSにアップされた情報を拾い集めると、彼女の人となりが見えてきて、通っている大学まで特定してしまった。音楽活動をしている子で、彼はそのバンド名も投稿している。バンドの動画をアップするのは構わないが、遡るとデートをしている画像も投稿されているし、彼女に彼氏（ヨウヘイ氏）がいることが判明する。さらにSNSストーキングを続けると彼女のSNSアカウントも発見したが、そこにはヨウヘイ氏に関する情報はアップされていなかった。

ここで疑問に思った。表舞台で活動している女性は変な男性に狙われやすい。もし、彼女に男性ファンがいて、彼のアカウントを発見してしまった場合、彼女の身に危険が及ぶ可能性があることを考えたことはないのだろうか。小金井ストーカー殺人未遂事件のシンガーソングライターの女性や、山口真帆さんのような事件に巻き込まれることを想定していない危機感のなさに呆れた。鈍感過ぎる。きっと私も、もっと病んでいたら彼女の元へ乗り込み、ヨウヘイ氏が浮気をしていることを知らせ、彼女に嫌がらせをしていたと思う。

「なぜ彼女の写真をアップするのか」とヨウヘイ氏に聞いたところ、「プライベートのアカウントだから……」としか言わなかった。しかし、若くて可愛い女を手に入れたという優越感があったのではないかと、個人的には想像している。彼女が表舞台に立つ活動をしていなかったらまだいい。しかし彼女はステージに立って音楽活動を行っている。プロになりたいのか、ただの趣味なのかは分からないが、女性というだけで男性のファンが付くことも多い。

プライベートでも交友があり、長年ファンであるシンガーソングライター、さめざめの笛田サオリさんは、性や恋愛に関するいわゆるメンヘラ系女子ウケするジャンルの楽曲を制作している。「コンドームをつけないこの勇気を愛してよ」「ふざけんなあの女、たいして可愛くもないくせに」「愛のあるセックスがしたいんだよ」「きみのなかの女の子にずっとなりたかったの」等、なかなかメンヘラっ気のあるフレーズが多く、ライブ中は感情移入して泣き出す女性客もいる。

しかし音楽を始めた当初は、全く違う世界観の曲を歌っていたという。デビュー当時、ファンは男性ばかりだったそうだ。笛田さんは女性ファンを増やしたくて、よりディープな女性の気持ちを詰め込んだ歌詞を書いたら女性のファンが増えたと語っていた。さめざめの歌詞を読んで、「痛いところを突かれてしまった」と感想を言う男性もいる。そこまでやらないと女性ファンが付かず、時には下心を持って近づいてくる男性もいるのだ。

以前、普段から女装をして過ごしている「男の娘」の歌手、谷琢磨さんを取材した際、

「女装をするようになってから痴漢に遭うようになったし、街を歩くと声をかけられる。女性の気持ちが分かるようになった」「男性の格好をしていた時代、恋愛は男から動かないと始まらなくて全くダメだった。女性には男性は自ら動く必要があること、男性には女性は声をかけられて嫌な思いをすることがあることを知ってほしい。男女それぞれ入れ替わって生活する体験日が設けられればいいのに」などと語っていた。ほとんどの男性は女性の世界が見えていないし、当たり前だが女性も男性の世界が完全には見えていない。

SNSには過去形で投稿

女性であるだけで、日常生活には危険が潜んでいる。特に女性の一人暮らしは怖い。上京以来、オートロックの物件にしか住んだことがない。親がオートロックにしろとうるさいからであったが、家賃の安さからオートロックでない物件に住みたいと思っていた時期もあった。その頃はまだ若く、女性の生きづらさに気づいていなかったからだと思う。今住んでいる部屋は、モニター付きオートロックで録画もできる。先日外出先から帰宅してモニターの録画をチェックしたら、運送会社の人には到底見えない、見知らぬ男性がインターホンを押している動画が録れており、背筋がゾッとした。

離婚をして久しぶりの一人暮らしを始めた知人女性は「家に男性がいない怖さ」を語っていた。逆に、「家に男性がいることの安心感が、結婚して一番良かったこと」と語った既婚女性もいた。昔は知らない男性と二人きりになってしまうエレベーターにも気にせず乗っていたが、年上の知人女性から「自意識過剰かもしれないけど、予防はし過ぎるくらいがいい。男性とエレベーターで二人きりになりそうな場合は見送ってから乗ったほうがいい」と言われ、それ以降、なるべくエレベーターで男性と二人きりにならないようにし、二人きりになってしまったときは警戒している。

でも、女性であるだけで、なぜここまで用心しないといけないのだろうか。性犯罪や暴行事件などが起こると「夜遅くに出歩いていた女性が悪い」「誘うような格好をしていたのではないか」と、セカンドレイプが起こる。私たちは気をつけているのに被害に遭ってしまうのだ。これ以上何に気をつけろというのだろう。

今の時代、無意識のうちにSNSで自ら、または他人から個人情報を漏らされてしまっていることがある。ヨウヘイ氏も無意識のうちに彼女の個人情報を漏らしていたのだ。断片的な情報であっても、それらを集めれば点と点が線で結ばれるし、画像を解析すればどこで撮影されたのか、どんな機種で撮影されたのか等特定することが可能だ。

SNSはその人の行動のいきさつを知る手がかりになる。私も最近はなるべく「○○に行ってきた」と過去形で時間をずらし、タイムラグを作って投稿するよう気をつけている。「明日○○に行く」と予告をしたり、「今○○にいる」という現在進行形で投稿をすると、「私のことをSNSでよく知っているけど私は全く知らない誰か」にストーキングされる可能性もなくはない。小金井ストーカー殺人未遂事件では、加害者は被害者女性からSNSでの返信がなかったことからストーカー行為を繰り返し、犯行に及んでいる。

今やほとんどの人がSNSアカウントを持っている時代。SNSのおかげで友達が増えた、恋人と出会えた、仕事に繋がった、世界が広がった、という人も多いし、メリットはたくさんある。SNSで知り合った相手と結婚した友人がいるし、私自身もSNSがきっかけで知り合い、リアルで会って仲良くなった人もいる。15年ほど前までは、ネット上で出会った人とリアルで会うことに眉をひそめられることが多かったが、今は出会いのツールの一つとして確立している。しかし今一度、その危険性についても考えてみてほしい。そして、女性は男性の何倍もセキュリティ面で気を張っていることも。

金髪にしたら迷惑行為が激減

ここ2年ほど、金髪やカラフルな髪色にするようになってから、駅でわざとぶつかってくるおじさんや電車内でわざと蹴ってくるおじさんからの被害が激減した。思えば大学生の頃も金髪にしていて、そういう被害が少なかった。というか関わりたくないと思われたのか、混んでいる電車なのに両隣に誰も座らないということさえあった。それが、就活のために髪を黒く染め、会社員になって少し清楚な茶髪にするようになってから被害が増えたのだ。

数年前、ヨウヘイ氏のモラハラがきっかけで服装を変えてから、再度髪を自由な色に染め始めた。バンドマンの元彼と付き合っていた頃は赤髪だった。その写真をヨウヘイ氏に見せたら「いいじゃん」と言ってくれたからだ。まずはさりげないオシャレである緑のインナーカラーから始めた。その後、私のラッキーカラーである金髪のインナーカラーにした。しかし2週間ほどで落ちて淡い色になってしまうので手入れが大変だと感じ、全頭金髪にした。

その金髪の威力がすごかった。全くと言って良いほど面倒くさいナンパや迷惑行為に遭わない。オシャレのためにやったことが自衛にもつながっていたのだ。はっきり言って、髪色を変えただけで自分の中身は何も変わっていない。男性は視覚による刺激に弱いというが、まさに視覚的な力を利用できているのかもしれない。

今現在の私の髪色は青だ。派手髪が可愛いと思ってやっている。なぜ青かという理由は特にないが、強いて言えば今応援しているヴィジュアル系バンドの推しのメンバーカラーだからだ。ただ、こんなふうに髪色を自由にいじれる職業は限られてくる。だから、これは仕事などで髪色が厳しくない人向けへのライフハックだと言えそうだ。

最近、ライバーをインタビュー取材する仕事を請け負っている。配信の中で歌を披露したり占いを行ったりする一芸を持っているライバーもいるが、そのような一芸を持たず、雑談を配信しているライバーもいて、そのほとんどが、その辺にいそうなちょっと可愛らしい女性だ。

リサーチのために私も取材数日前からとあるライバーの配信を見て、ちょっとしたカルチャーショックを受けた。そのライバーは一芸を持たず、リスナーと話をしながら配信するタイプだったのだが、リスナーの9割が男性。言葉は少し悪いかもしれないがオンラインキャバクラのような状態になっていた。そしてリスナーはコメントをしたり課金をしたりすることでライバーを応援して、そのライバーを有名にすることができる。

アプリをダウンロードすれば誰でも見られる場に芸能人でもない人が顔を晒すことは、ちょっとしたリスクがあるのではないかと思ったが、このSNS時代、多くの知らない人に顔を晒すことは当たり前になりつつあるのかもしれない。でも、顔を晒すことの危険性を配信する人自身、心のどこかにとどめておいてほしいなと思う。

06

炎上

炎上に巻き込まれた私

ネットでの炎上事件と呼ばれるものが頻繁に起こるようになったのは、Twitterを利用する人が増えてからではないかと思っている。WEB媒体の記事が炎上、企業の広告のコピーが炎上、と現代は炎上についての話題には事欠かない。炎上とはほぼ無縁だった私も、とうとう炎上事件に巻き込まれてしまった。

ことの成り行きはこうだ。エゴサーチをしていると「インフルエンサーのIさんと姫野桂さんが一緒にいたら、姫野さん、2時間くらいで舌打ちしそう」という投稿を見かけたのだ。Iさんは「ほんわか系ライターの○○さんが書いた記事も私が書けば炎上させることができますよ」とインタビューで答えるほど、炎上系で売っている。なんだか面白い展開だな、と思って「ライター駆け出しで何でも仕事を引き受けていた頃、Iさんを2時間取材したことありますよ」とリプし、さらにその取材のときに受けたＩさんの印象と事実を淡々と箇条書きでツイートした。

元広告代理店勤務の方なので、インタビューの際は見出しになりそうな気の利いた一言をくれるからライターとしてはありがたい、でも最初の挨拶の名刺交換のとき名刺を交換してもらえず失礼だなと思った、などとツイートした。彼女は名刺を持たない主義の人だとその後知ったが、それならなぜその場で「名刺はないんです」と言わないのだろうか。説明しないとただの失礼な人に映る。ライター仲間でもＩさんを取材した経験のある人がいたので名刺交換の件について聞いてみると、その人も名刺交換をしようとしたら名刺を出してもらえなかったので引っ込めた、とのことだったので、その情報も追加でツイートした。

Ｉさんに関する最初のツイートをしてから数時間後、おそらくエゴサをしていたと思われるＩさんが私のツイートを発見し「お金のために嫌いな私を取材しないといけなくてすみませんでした」とリプしてきたのだ。ちょっと待て。私はＩさんのことを「嫌いだ」とは一言も書いていない。なんという被害妄想。それに「お金のために」というのも余計な一言だ。この一言には先輩ライターも激怒していた。

そこからＩさん信者からの攻撃が相次いだ。しかし、その多くは中身のないただの誹謗中傷ばかりで、トイレの落書レベルだった。中には「なんで発達障害なのにライターができるんですか？」という斜め上からの質問もあった。一方で「リプライで言うと自分まで巻き込まれてしまうので……」と、全く知らない人から「なぜ姫野さんが責められているのか分かりません」といった擁護のDMもいくつかいただいた。

確かにこのときの炎上は完全に相手側が当たり屋だった。私は過去にIさんと会ったときに起こった出来事、そして事実をツイートしたまでだったから、誹謗中傷などはしていない。逆にIさんからは「ライター仲間同士で自分のことで盛り上がって気持ち悪い人たち」と引用リプライされ、私の方が誹謗中傷されている。ちょっと待て2回目。私はライター仲間とIさんの話はしたが、その話で盛り上がったとは書いていない。自称作家なのに、書かれていないことを邪推するとはいかがなものだろう。

その数週間後、Iさんは某タレントがSNSで「気持ち悪い」などと言われた誹謗中傷の裁判で勝利したことを嬉しそうにシェアしていた。あれ？　私もあなたに「気持ち悪い人たち」と言われたんですけど……。そう引用リツイートで返したが反応はなかった。彼女はいつも、巨大なブーメランが返ってきていることに気づいていない。

Twitterは基本140文字以内で話をまとめないといけないので、端折らないといけない部分も多く、情報の解像度が落ちやすい。だから情報があちこち抜け落ちていて炎上が起こりやすい。

それと、これはあくまで推測であるが、Iさんは私のことをそこまで嫌いではないのではないかと思っている。Iさんはすぐにアンチをブロックするが、私はあんな騒動があったのにブロックされていないのだ。また、あるときからIさんは髪色をピンクやオレンジなどの派手髪にするようになったが、そのきっかけも私だ。以前私が、派手髪にしてから面倒なナンパやわざとぶつかってくるおじさんが減ったという経験を金髪の写真と共にツイートしたところ、それが記事化され、その記事をIさんがブログで紹介して、彼女自身も派手髪にしていたのだ。

Iさんのアンチの方は私とIさんが仲が良いと勘違いしていたようなので、「こんな炎上インフルエンサーと一緒にされては困る」という思いを込めて「私が取材された記事、Iさんのブログに載ってる、なぜ!?」とツイートしてみた。すると無事、Iさんアンチからの誤解は解け私とIさんは交流がないことを知らしめることができた。

炎上の収め方

Twitterで揉め事が起きやすいのは、あまりにも簡単に投稿できるからだ。先日noteにコメントが付いたため返信をしようと送信ボタンを押したら投稿前に「攻撃的な内容ではありませんか？」といった内容の注意文が表示される機能が追加されていた。Twitterにはそんな機能などなく、思ったことをその瞬間にツイートしやすい仕組みになっている。だから本人にとっては大したことがないツイートでも、あっという間に拡散されてしまう可能性があるのだ。

今はもうフォロー解除しているバンドマンの元彼が先日、面白い画像を拾ってツイートしたのがバズりにバズって、全くバンドとは関係ない人からのリツイートで私のところまで届いたことがあった。久しぶりに元彼のアカウントを見に行くと、それまでバズったことのなかった彼が「俺は何をツイートすればいいんだ」といった内容のツイートをしており、戸惑っている様子がうかがえた。元々フォロワー数も少なく、普段からどうでもいいようなツイートしかしていない彼は、自分の投稿がここまでシェアされてしまったことに恐れを感じているようだった。

相手の顔の見えない、匿名性の高いTwitterでは誰かに暴言を吐くことをストレス発散にしている人もいる。男性らしきアカウントに多いのが、「初めまして」もなく、突然敬語ではなくタメ口でリプライしてくるパターンだ。リアルイベントなどで質疑応答やサイン会の際、タメ口で話してくる人には出会ったことはない。全く知らない人から突然タメ口のリプライをもらうのはイラッとするので、私はそのようなリプライが来るたび「タメ口は控えてください」とリプを送っている。Twitter上でのやり取りはそこに人がいるようでいない感覚に陥ってしまいがちなのではないだろうか。

発達障害にまつわる内容も、取り扱いに注意が必要だ。というのも、発達障害当事者が読んでいることが多いからだ。発達障害の傾向がある人は何か自分にかかわる強い単語、それもマイナスな単語があったらそこにのみ反応してそれ以外の文面をスルーしてしまうことがある。瞬間湯沸かし器のようなイメージをしてもらえると分かりやすい。

ネット記事は、読者にクリックしてもらうべく、煽りタイトルを付けられることがある。そんなタイトルだけに目が行ってしまい、内容をよく読まずに怒り狂う人が出てくることが多い。私の表現の仕方と、編集部が付けたタイトルに対して事前に「これは燃えそうなのでタイトルを変えてほしい」と言わなかったことが原因で反省しているのだが、執筆したネット記事が発達障害者を中心に大いに燃えたことがあった。

次々に攻撃的なリプライが来てしまい、おどおどして掲載媒体の編集長に相談すると「反応したらダメです。炎上は3日もあれば収まります。反応すればするほど燃えます」と言われた。しかし、3日経っても炎上は収まらない。それどころか「なぜ筆者はだんまりなのか」と、さらに燃え上がった。そこで、多くの発達障害の方と接している発達障害バーのマスターに相談したところ、「発達障害の人は説明や経緯を知りたがる傾向がある。だから放置すればするほど燃える」とアドバイスされた。

改めて編集長に相談したところ、媒体側からは謝罪はできないが、私個人が謝罪をするのはかまわないということで、私はその記事で不快に思った人へ向けて個人的にTwitterで謝罪をした。しかし140文字以内という文字制限があるので、少しでも情報が抜け落ちないようにと、iPhoneのメモ機能に謝罪となぜこういった経緯に至ったのか理由を書いてそれをスクショしてアップした。すると、あんなに荒れていた読者たちの不満の声が嘘のようにすっと収まった。通常の読者と発達障害傾向のある読者は読み方が違うのだと教えてくれたマスターには感謝である。

良い意味でツイートがシェアされるのはちょっとした承認欲求が満たされるが、炎上はもう避けたい。そしてたまに、Twitter疲れすることがある。特にフェミニズム界隈の論争や発達障害界隈の論争を見ているとひどく疲弊する。

私の現在のTwitterのフォロワー数は1万人ちょっと。最近は1万人に見られていると思うと気軽にツイートできなくなってしまった。それに最近は自粛で家にいる時間が長いのでツイートすることも仕事の宣伝以外ない。それでも起きたらすぐ布団の中でTwitterを開いてしまう程度にはTwitter依存になっている。あと逆に、私をフォローしている1

万人の人は何を期待して私をフォローしているのか不思議に思う。私のアカウントは仕事の報告と取材先探しと本やアニメの感想とお腹が空いた、こんなもん食った、猫が可愛い、そんなことしかつぶやかないアカウントだ。それでもフォローしてくださっている方には失礼のないよう、今後も炎上とは無縁で生きていきたい。

07

毒親

連鎖する毒親

「毒親」とは「毒になる親」の略で、アメリカのスーザン・フォワードという医療コンサルタントが作った言葉である。日本では漫画家の田房永子さんが複雑な母子関係を描いた『母がしんどい』（KADOKAWA）を2012年に発売し、そのあたりから「毒親」という言葉が使われ始めた印象がある。2019年にはNHKの『クローズアップ現代＋』でも毒親問題について放送されている。

毒親の定義は様々だが、暴言や過干渉によって子どもを追い詰める親が一般的に毒親と呼ばれがちだ。私は幼い頃は全く意識していなかったが、大人になるにつれてうちの母親は少し過干渉が過ぎていたのではないかと感じ始めた。私もちょっとした毒親育ちと言えるのかもしれない。

毒親は連鎖すると、心理学系の本にはよく書いてある。実際、うちの母も祖母（母の母）が毒親だったようだ。

母は幼い頃、身体が弱く、入院することも度々あった。当時は病院に布団を持参しないといけなかったらしく、祖母は病気の小4の母に一人で布団を運びに行かせたそうだ。また、母が19歳の学生の頃、福岡の短大から帰省して実家にいる最中に猛烈な腹痛に襲われ痛みを訴えるも、祖母は「この子は大げさなだけだ」と取り合ってくれなかったという。脂汗を流す母を見て祖父はさすがに「大丈夫か？」と心配し医者を呼んだところ急性腎盂炎と診断され、「これは救急車ものですよ！」と祖母は医者に怒られたそうだ。他にも、短大の入学式に他の新入生の保護者は来ているのに母だけ祖母が来てくれなかった、とも語っていた。

祖母はネグレクト系の毒親だった。そのため母は「自分は絶対こんな母親になるもんか」と思って育ったらしい。それが私への「大事に育てないと」という過干渉につながったのではないかと推測している。

長い間不妊と流産に苦しんで10年目にようやくできた私。しかし、私は手がかかる赤子だったらしい。まず、なかなか眠らない。おっぱいも飲まない。特定のメーカーのおしゃぶりがないと泣きわめく。

おっぱいに関してはあるときダメ元で哺乳瓶に豆乳を入れて与えてみると「これだこれだ！　求めていたのはこれだったんだよ！」とグビグビ飲み始めたという。私は豆乳で育った子どもだが、今現在、豆乳は自ら飲もうと思うほど好きではない。

眠らないことに関しては、父と交代で夜中のドライブ作戦。車に揺られると眠るらしいが、車を停めて抱っこして家に連れて帰ろうとした瞬間に起きて泣く。毎晩この繰り返しで、母はストレスで一時的に視界に黒い斑点が見えるようになってしまったという。ネグレクトせず、ここまで苦労して育児してくれたことは申し訳ないほどありがたい。でも、その延長線上に一種の毒が盛られていたのだ。

一人っ子は本当にワガママなのか

「はじめに」でも述べた通り、私は一人っ子だ。このことで悩んだ時期もあった。一人っ子は親から期待されて育てられている印象を持つ人も多いのではないだろうか。そして将来のことなどを心配されがちだ。友人たちは大人になってきょうだいと親密にしている人も多いが（友人は相続のことも考えてきょうだいと仲良くしていると言っていた）、一人っ子はそのような絆を築く相手がいない。順番的に親のほうが早く死んでしまうため、誰か頼れる人を作っておかねばならないが、私にはそのような存在の人がいない。

小さい頃、周りに一人っ子が少なかった。親戚の集まりなどで同い年くらいの子どもたちが集まると、きょうだいがおらず競争慣れしていない私はすぐにオモチャやお菓子を他の子に取られて泣いていた。「早い者勝ち」という概念がすっぽり抜け落ちていたのだ。

一人っ子とは世間から、親に甘やかされて蝶よ花よと育てられ、何不自由なく過ごして、時として世間知らずと思われがちだ。確かに共働きだったこともありお金で不自由をしたことはないが、私は一人っ子で良かったと思ったことは、私立の学校に通わせてもらえたことくらいだ（もう一人子どもがいたら私立にはやれなかったと言われた）。しかし現在は、少子化の影響で一人っ子の子どもは多い。現代っ子たちは一人っ子特有のコンプレックスとは無縁なのかもしれない。

小学校に上がると30人クラスに一人っ子は私一人だけだった。基本的に家で一人だとたいていの物事は自分の思うように進む。だけど、小学校で図書係やら生き物係やらの係を決める際、人気の係はじゃんけんとなり、じゃんけんに弱い私はいつもやりたい係を担当できず、不機嫌になっていたことが小2の頃の通知表に書かれていた。

「一人っ子だから甘えん坊なんでしょ？」「ワガママなんでしょ？」そう言われることが子どもの頃は多く、それが嫌で一人っ子の特徴を消そうとモノをねだることをしないよう心がけた。逆に、きょうだいの多い子ほど「買って買ってー！！！」と、スーパーなどの床で転げ回って感情を最大限に爆発させていた。そして、私はそれを見て子どもながらにドン引きしていた。でも、彼ら彼女たちはそうしないとほしいものが手に入らないのだ。私の場合、ねだりはしなかったが、激しくねだる前にいつの間にかほしいモノが手元にあることが多かったように思う。

「一人っ子はワガママだ」そう言われることがずっとコンプレックスだった。中学生くらいになると、年の離れたお姉ちゃんがいる子は「お姉ちゃんがくれた」と、流行のアイテムを持っていて憧れた。

29歳でようやく呪縛から解放される

母の過干渉により私は本来なら自分でできることをやる機会を奪われていたと思う。小1の頃、参観日後のPTAの集まりで、子どもにどんなお手伝いをやらせているのか話題になったという。ある子の親は皿洗いをさせているとのことで、母はたいそう驚いていた。小1対して私は何もお手伝いを任されたことがなかったし、自らやろうともしなかった。小1で皿洗いができるなんてすごいとあまりにも言うので、私もやりたいと言ったがやらせてもらえなかった。きっと、慣れない子どもがやると洗い残しがあったり皿を割ってしまう危険性があり、かえって面倒なことになるからだろう。その日から私のお手伝いは「陽が落ちたらカーテンを閉めること」になった。

母はいつも忙しい人だった。それが今になって「あのときは生徒の多い学校で働いていたから桂にも迷惑をかけたね」と謝罪のLINEが来て、少し胸が痛んだ。忙しい中でも、母は母なりにできるだけ私と一緒に過ごそうとしてくれていたのだろう。

ピアノのレッスンに母は毎回同席していた。他の生徒の親は廊下で待っていたが、母はレッスン部屋の中の椅子に座ってじっと私が先生からレッスンを受けるのを見ている。しかしある日、先生の都合でいつもとは違う若い先生が担当することになった。その際、若い先生は「お母さんは出て行ってもらえますか？」と言い放ち、母は廊下に追いやられた。その日以降、母がレッスンに同席することはなくなった。過干渉に気づかされたのであろう。当時、小学3年生だった。

30歳になる少し前のことだが、出張仕事が入ったためスーツケースが必要となった。その際、母親に「側面にポケットが付いているスーツケースを選びなさい」と言われた。スーツケースはガバっと開けるものなので、バックパックや普通のカバンと違って気軽に開け閉めできない。なので、忘れやすいものは外側のポケットに入れておけば公共の場でガバッと中身を晒して開く必要性がないから、とのことだった。母に言われた通り、側面にポケットの付いたスーツケースを探すも、そんなものはどこを探しても売っていない。何日もかけて店を回った。出張の日は次第に近づいてくる。

そこで私は大きな決断を下す。たとえ母親に怒られたとしても、ポケットが付いていない使いやすそうなスーツケースを買おう。そうして私は東急ハンズでポケットの付いていない赤いスーツケースを買った。怒られることを覚悟して母に伝えたところ、特に怒られなかったので拍子抜けした。私は母の言うことに反することをすると絶対に怒られる、と思い込んでいたのだ。それも30歳近くなるまで。

今、ようやく私は母の呪縛から解かれつつある。それは、私が精神的に不安定になって30歳になって心療内科に通い始めたことで、母が今まで私に押し付けてきた過干渉的な育児と私の気持ちのすれ違いに母自身が気づき始めたことと、私自身「もう大人なんだから何でも自分で決めても良い」と割り切れるようになったからだと思う。

08

スクールカースト

「底辺」のままだった理由

よく、「陽キャ」「陰キャ」というネットスラングを目にする。「陰キャ」はクラスで目立たない存在の隠れたキャラ、「陽キャ」はクラスの中心人物のような陽気で明るい性格のキャラのことだ。そして、スクールカースト上位に来るのは紛れもなく陽キャ。陰キャはスクールカースト底辺にいることが多い。スクールカーストとは、クラスメイトの間で自然とできあがっているヒエラルキーのことだ。頂点に近づけば近づくほど目立つ存在の陽キャが多く、三角形の底辺へ行けば行くほど暗くて人付き合いの得意でない陰キャの人が多い。

母親の仕事の都合で小6から中2の夏まで僻地の学校に通っていた。本来なら僻地勤務は3年間と決まっているが、中3で地元の学校に戻ったら高校受験で苦労するのではないかと、中2の段階で宮崎市内の私立の中高一貫校の編入試験を親が勧めてきた。編入試験の結果は数学が散々だったが（公立校では習わない高校の問題が出題された）特技の作文で実績があったことから、お情けで合格をいただいた。このお情け合格についても後に母から「特別に学校に入れてもらえたんだから……」と事あるたびに小言を言われた。

そんな感じでスタートした中高時代だったが、私はスクールカースト底辺だった。底辺からのし上がろうと必死になったこともあったが、高校卒業までずっと底辺のままだった。あくまでこれは、地方の私立中高一貫校での出来事であること、全ての学校にスクールカーストが存在しているわけではないこと、もう18年ほどの時を経ていること、私自身がオタク層を見下しているわけではないことを先に述べておきたい。

スクールカースト上位組は流行に敏感でスカートのウエストを3回折って短くし、校則違反の化粧をし、ノリが良く、何をするにも要領が良い子たち。ウエストを1回折って膝が少し見える程度の丈にして、そこそこ上位組とも上手く関係を築いている中間層。そして、髪はボサボサ、スカートは膝から下の底辺に分かれていた。

今はギャルでもアニメや漫画好きを堂々と公言し、オタクが市民権を得ているが、当時はアニメや漫画好き＝暗い＝スクールカースト底辺という構図だった。彼女たちは漫画や同人誌にお金をかけているので「お金がない」が口癖だった。私は特に好きなアニメや漫画があるわけでもなくオタクではなかったが、スクールカースト上位には入れなかった（しかしここ最近はアニメが大好きになって、話題のアニメを毎回チェックしている）。

難関だったのは校則違反。これは親が絶対に許さない。なんたってお情け合格なわけだし、私は期待されている一人っ子で親の言うことは絶対に聞かないといけないと当時は思い込んでいた。その思いからスクールカースト底辺を選ばざるを得なかった。上位に入りたいけど入ったら親に怒られる。一度、スカート丈を短くしているのが母に見つかり、こっぴどく怒られたものだった。また、授業参観に来た母親は、上位の子たちを見て良い顔をしなかった。そして「下品な子たち（上位の子たち）がいる」とも家で言っていた。

自己肯定感の低さと自信のなさ、親からどう思われるかが気になって、どうしても華やかなオーラを放つ上位組に話しかけられない。勇気を出して話しかけられたとしても必要最低限の会話で終わってしまう恐怖があった。スクールカースト上位の子たちからは通りすがりに「キモ」と言われたことがあるし、男子から「姫野キモい」と書かれた紙を教室の後ろの黒板に貼られたこともあった。このときはさすがに保健室で泣いた。

ある日の放課後、忘れ物を取りに教室に戻ると上位組がおしゃべりに興じていた。私が教室に入って来た途端ピタリと話すのを止め、忘れ物を確保して出ていった後、明らかに私へ向けた嘲笑が響いていたこともあった。悔しさと羞恥心に下唇をかみながら逃げるように廊下を走って学校を出た。

スクールカースト中間層〜底辺の子たちは私を嘲笑ったり責めたりはしない。そして素直で良い子ばかりだったので、私は身を守るためにも底辺に属していた。一度、完全に中間層に潜り込もうと「飴ちゃん作戦」を決行したことがあった。飴を渡し、それをきっかけにコミュニケーションを図ろうとしたのだ。一時的には上手くいった。しかし、そこからが続かなかった。飴を学校に持っていっているのが母親にバレ、これまた叱られた。当時の私は「自分が食べるためではなく、友達を作りたくて学校に飴を持って行っている」と親に説明できなかった。

大人になってもスクールカーストに囚われる

暗黒の中高時代を過ごしたせいか、私の自己肯定感はひどく低かった。過去形なのは、今はいろんな人との出会いと心療内科の主治医の治療のおかげで少し改善しているからだ。親には愛されて認められて育った。なのになぜ、こんなにも自分に自信がないのか。決して美人とは言えない女性が堂々としている姿や、恋人とイチャついている姿を見ると、自分がとてもみじめになると同時に苛立ちを感じていた。人からも「なんで桂ちゃんは綺麗なのにそんなに自分に自信がないの？」と聞かれていた。

自分でもなぜ卑屈になってしまうのかずっと分からないでいたが、親との共依存的な関係と、スクールカーストのせいだったのだろう。私は決して親を恨んでいるわけではない。中高大と私立に行かせてくれ、家庭教師も雇って、お金をかけて私を育ててくれたからだ。若干過干渉が過ぎていることと怒られた記憶が多いだけで、俗に言う機能不全家族ではないはずだ（しかし最近になって、依存症回復のために用いられる「回復のための12ステップ」に関する本を読んで人生の棚卸しをしているうちに、もしかして我が家はある意味機能不全家族だったのではないかと思い始めるようになったし、依存症や共依存に詳しい友人からも機能不全家族だと指摘されたが）。

自分は底辺だ。それを大人になってもずっと心の奥底で感じていた。特に仕事の上で、「あ、この人絶対中高時代はスクールカースト上位だっただろうな」という人はすぐにピンときて、萎縮する。スクールカースト上位組から受けた嫌な仕打ちがフラッシュバックしてしまい、極度の緊張に襲われてスムーズにコミュニケーションが取れず、仕事が上手くいかなかったこともあった。

なぜ、大人になって「学校」という閉鎖空間から解放されたのにもかかわらず、底辺時代の羞恥心やトラウマを引きずっているのか。このあたりは、心療内科の主治医から「中高時代に受けた心の傷が原因なのではないか」と言われた。いわゆるＰＴＳＤ（心的外傷後ストレス障害）だ。ＰＴＳＤは虐待を受けたり、命が脅かされるような恐ろしい体験をした人が陥る障害だと思っていたので、まさか自分がＰＴＳＤだなんて信じられなかった。しかし医師いわく、ＰＴＳＤに心の傷の深さは関係ないとのことだった。人のつらさに決まったものさしはないのだ。

こういったスクールカーストの話を大人になってから人に話すと「うちの学校にはスクールカーストなんてなかった」と言われることが多い。でも、それはおそらくスクールカーストが見えていなかった、上手くみんなとやれていた人たちなのではなかろうか。と、思ってしまうのは私の被害者意識が強いからなのだろうか。

しかし、今となってはスクールカースト上位にこだわらなくても良かったのではないかと思えてくる。これは、大人になって視野と世界と人付き合いが広がったから思えることであり、当時の自分はとても傷ついていたのだ。

地方の子どもの世界は学校と家の往復だけで、サードプレイスを作りづらい。サードプレイスがあれば少しは生きづらさから回避される、と大人になってから実感している。これは上京してバンギャルになってから気づいたことだが、バンギャルちゃんたちの中にはライブハウスをサードプレイスにしていたコもいた。他にも東京近郊だったら趣味のオフ会なども開かれやすいだろう。しかし、中高時代の私にはどこにも逃げ場がなくて自分を傷つけてばかりいた。そんな当時の私を、よしよしと頭を撫でてあげたい。

09 Uターン

こんな優秀な子、うちでは雇えない

中高時代の友人の結婚式参列のため、地元の宮崎市へ帰省した。18歳で上京して以降、地元へは大抵盆と正月の年2回、帰省している。今回は、久しぶりに4月の帰省となった。母校は中高一貫の進学校だったので、9割の生徒が大学へ進学する。そして、宮崎県外の大学へ行く人も多かった。大まかに分けると関西や東京の私立大組、そして九州の国公立・私立大組、あとは地元や九州以外の地方の国公立大組に分かれる。

そんな時代を一緒に過ごした友人の結婚式。成人式ぶりに会う子もいた。結婚したのは、大学は東京、そのまま東京で就職するも3年経ってUターンし、地元で再就職したSちゃんだ。同じテーブルにいたのは私を含めて同級生8人。みんな、中高時代仲良くしてくれた子たちばかりだった。そのうち3人は現在、首都圏で就職している。また、Mちゃんは新婦のSちゃんと同じくUターンした。残りの3人は地元の大学へ進学後、そのまま地元で就職している。

地元から一歩も出たことがないKちゃんに「久しぶり〜！」と声をかけた直後に言われたのが「東京の人の話し方！」だった。もう15年近くも東京に住んでいるので、方言はほぼ出ない。上京当時はまだ東国原英夫氏が知事になる前で、宮崎弁が知られていなかったため訛っているのが恥ずかしく、上京3日目で標準語に矯正した。しかし、数日実家にいると宮崎弁に戻るし、未だに名詞のイントネーションがおかしいと関東出身の人から指摘されることがある。

地元から出たことがない組と一度は都会に出ている組、結婚式でめかしこんでいるものの、ぱっと見の雰囲気が違う感じがした。方言のせいかもしれないが、なんとなく、地元組はのんびり感がある。一方、都会組は標準語で話しているせいもあり、シャキシャキしているというか、鍛え抜かれている感じがした。それでも、やはり地元の中では文化的な生活を送っている家庭の子が多い学校だったので「私、毎週『週刊文春』読んでいるんだけど、こないだ姫野さんの本の書評を見つけたよ！」と、地元組のTちゃんに言われた。私が時折執筆している『週刊SPA！』は売っていないけど、『週刊文春』は売っている。そして、それを毎週読むなんて、やはりバリバリの地元民とは少し違う位置にいる。

東京でしばらく働いた後、Uターン就職をしたMちゃんは、複数の言語を話せて語学堪能だった。ところが地元での就活中、彼女の履歴書の大学名と特技の欄を見た面接官から「こんな優秀な子、うちでは雇えない」と言われ、採用されなかったと話してくれた。地元の人からすると、高学歴であることより、商業高校を出て資格を持っている方が働き手としての価値があるのだろう。地元では国公立の宮崎大学か宮崎公立大学を出て、地元の銀行に就職したり公務員になったりすると、「親孝行」と言われる傾向にある。

結局Mちゃんは職業訓練校に通って事務関係の資格を取得し、現在は地元で事務の仕事に就いている。ただ、東京で働いていた頃は手取り20万円ほどもらっていたのが、今は13万円しかもらっていないという。でも、このくらいの手取りが地元では普通だし、彼女は実家暮らしなので家賃の負担がない。一人暮らしをしていたとしても、家賃自体が安く、4万円も出せばそれなりの部屋に住める。贅沢をしなければ暮らしていけるだろう。しかし、チェーンの飲食店や携帯電話の利用料金などは全国一律のため、そのあたりはどこかで節約しないと厳しそうだ。

Uターン組はなぜ地元に戻ってきたのか。その理由を考えてみると、「都会のしんどさ」が推測される。首都圏で未だに働き続けている子の共通点は、「自分のやりたい仕事をやっていること」だ。首都圏就職組とは定期的に会っていたが、今はUターンをしているMちゃんと新婦のSちゃんはいつも、仕事そのものや仕事の人間関係での悩みが多かった。8年前まで会社員として働いていた私も、それは同じだった。都会にはなんでもある。今まで自分が欲していた文化資産はいくらでも手に入る。しかし、20万円にも満たない給料での一人暮らしでは、心ゆくまで都会の醍醐味を味わうことは難しかった。すぐそこにあるのに十分には手に入らない。

だけど、これが好きな仕事をしていたら別だ。私はすさまじく向いていなかった事務職会社員を辞め、フリーライターとなった。同じ時期、MちゃんとSちゃんは地元に帰った。地元で就職したら給料は減ったが、連休にはアジア圏への海外旅行（宮崎からは韓国や台湾への直行便が出ており、北海道へ行くより安い）や東京ディズニーランドに行ける程度には貯めており、それがリフレッシュになっているようだ。

男選びくらい間違えるなよ

一方で、実家の近所の同級生たちは高校へ進学しなかったり、中退する子も多かった。当時の宮崎の中高生の学力は決して高くはなく、全国区で言うと下から数えた方が早いほうだった。特に何の資格も持っていない中卒女性は18歳以下でも水商売や性風俗店、同じく高校をドロップアウトした男性は日雇いの建設現場や半グレ的な仕事を請け負って生計を立てていることもあった。そんな子たちはカルチャーに触れないまま大人になり、20歳前後で妊娠して結婚。いわゆる「マイルドヤンキー」の人生を送っているようである。幸せかどうかなんて他人が決めるものではないので、カルチャーに触れなくたって、彼女らは彼女らなりの世界で生きているのだと思う。

私は33歳だが、ということは、そんなマイルドヤンキーの同級生のほとんどが育児の真っ最中だ。彼女らのFacebookをスクロールすると毎日のように子どもの写真や動画がアップされている。彼女たちにとって今、家とパート先しか生活圏にないので、そもそも他にアップするネタがないのだ。こう言うと私が冷たい人間に思われてしまうかもしれないが、よほど愛嬌のある写真や動画でない限り、他人の子どもを見ても可愛いという感情が湧いてこない。

先ほども述べたように、彼女たちの生活圏は家とパート先。全国区で話題になっている社会問題に関して疎い傾向にある。おそらく社会の動きや有名インフルエンサーの名前も知らないだろう。しかし、保育園無償化に関するニュースや待機児童問題、虐待死など、子どもに関する話題に関しては驚くほど敏感だ。

いつだったか、シングルマザーの幼児が交際相手の男性による暴力で虐待死した事件があった。とある同級生はこのネットニュースに飛びつき「男選びくらい間違えるなよ」というコメントをつけてシェアしていて面食らった。我が子がもし交際相手の男性に殺されたら、と思うと怒りと悲しみで胸が張り裂けそうになるのは分かる。しかし、なぜ子どもに手をかけた男性ではなく母親の方をバッシングするのだろうか。一番、母親が自責の念に駆られているはずなのに。母親は子どもを失う恐怖と共に、子どもへの暴行を止めに入ることで交際相手の男性を失う恐怖にも怯えていたのではないだろうか。

また、別の同級生の女性は、数年前、若手俳優による強制わいせつ事件があった際、WEBニュースの記事に「これ、ハニトラでしょ？」とコメントをつけてシェアしていた。女性が突然男性に襲われたら、レスリングの吉田沙保里元選手のような超人でもない限り男性の力には勝てない。広い視野と思考を持っていれば、簡単にハニトラ発言をしないはずだ。それなのに、被害者女性をバッシングしていることにショックを受けた。見ている世界、住んでいる場所が違うとこんなにも考えが違うものなのかと。

こう書くと地方で暮らす人を見下しているように誤解されるかもしれないが、保守的な考えで凝り固まっており、なぜその事件が起こったのか背景を想像する力が弱いように感じる。最近読んだ高橋ユキさん著の『つけびの村　噂が5人を殺したのか？』(晶文社)に書かれていた、田舎ならではの悪い意味での協調性が地元の雰囲気とモロに被る。そして自分がなんだか、保守的で視野の狭い地元民を「地元を出て14年東京に住んで、仕事柄いろんな人の意見と刺激に日々触れている私は彼女たちとは違う」と、マウントを取っているような感じもして、自己嫌悪に似た感情に襲われてしまう。

マイルドヤンキーたちとの価値観のすれ違い

私がUターンをしない理由は一つ。同級生の話から地元には私が勤められるような仕事がないことが分かったからだ。仮に職業訓練校に行ったとしても、OL時代に簿記の講座を全部寝てしまった私に取れて企業に役立てられる資格はないと思う。地元は職が限られている。地元でも地方誌のライターはいると思うが、それで生計を立てられるほど稼げるとは到底思えない。去年、地元でライター講座の講師として招かれた。主催のおおもとは大手広告代理店で、その講座を受けて力を付けた人は主催者から仕事を振ってもらえるようだったが、講座を受けている人は地元の人は少なく、宮崎に移住してきた人が多かった。

やはり文化的過疎地域は私にとって退屈だ。もっともっと都会の刺激を受けたい。そうしてそれに飽きた頃、Uターンしてもいいのかなと思い始めるのかもしれない。特に今はコロナの影響で多くのイベントが開催されていない。オンラインのイベントも何度か参加したが、やはり生のイベントとは迫力が違う上、回線上のトラブルが起こると白けてしまいがちだ。刺激が少な過ぎて少しうつっぽくなっていたが、今は「地元にいると思ってやり過ごそう」と日々を送っている。それに、イベントはなくとも本や映画の少なさに困ることはない。

地元のマイルドヤンキーの同級生たちとの価値観のすれ違いも、気になるところだ。彼ら彼女らと価値観は分かち合えないと断言できる。まだ会社員の頃なので23歳のとき、高校を卒業してすぐ地元の自衛隊に入隊し、同じ自衛隊員と21歳で結婚して子どもを生んだ同級生に会いに行った。彼女は当時1歳の子どもがおり、既に母親としての貫禄があった。彼女とは実家が徒歩圏内なので、それからも帰るたびに少し立ち話をするということが続いている。会うたびに「彼氏はいないの?」「結婚はしてないの?」と不思議そうに聞いてきたが、一向に私が結婚しないのでその質問はあるときからなくなった。彼女は現在、既に3人も子どもがいる。そして、自衛隊の仕事は育児との両立のため事務の部署に移ったとのことだった。また、家も勤務地の基地の近所に建てたという。私とは全く違う生き方をしている。

しかしUターンの現実問題、とうに還暦を過ぎた両親の介護問題も迫ってくる。両親は父方の祖父母を20年近く介護していた。祖父母が施設に入ってからも月1で大分県の施設へ向かい、ティッシュやオムツなどの必需品の買い出しをしていて、私自身も負担を感じることがたびたびあった。帰省をしたら宮崎だけでなく大分にも行かねばならないからだ。そんな祖父母も3年前に亡くなり、こう言うと誤解を招きそうだが、ようやく両親は落ち着いて趣味などを楽しめるようになっている。両親は「施設に入るだけのお金は貯めているから心配するな」と言うが、全く会いに行かないということはできない。私もある程度の年齢になったら毎月のように通うか、Uターンするかを選ばないといけない日が来るのかもしれない。

それなりにカルチャーに触れてきたタイプの人たちは、都会に出たがために受けたショックもある。そして、それを乗り越えて今を楽しんでいる人もいる。一度都会の醍醐味を知ってしまった私は、当分地元へ帰る予定はない。東京で生きていきたいのだ。都会では少しくらいけったいな格好をしていたり、フリーランスで働いていたりしても、いちいち咎める人はいない。人の目を気にする必要はない。でもそれは裏を返せば、無視されるということでもあるのだが。そんな自由とこれからも、手を取り合い、ときには裏切られながらも付き合っていきたい。

10 生理

初潮が来て嬉しい⁉

２０１８年、それまでは強くタブー視されていた生理についての価値観が覆される小山健さんの漫画『生理ちゃん』（ＫＡＤＯＫＡＷＡ）が大ヒットした。生理を擬人化し、ユーモアたっぷりに、かつ分かりやすく説明している漫画だ。生理は女性には毎月来るもので身近な存在だが、男性にとっては未知なる現象であり詳しく知らない人も多い。現に、私が交際してきた男性も生理の仕組みについてよく知らなかったし、知人の旦那さんは「理由は分からないけど毎月股から血が出るもの」と思っていたらしい。

ここで生理の仕組みについて改めて説明したい。健康な女性の子宮は妊娠に備え、日々子宮の内膜が厚くなって精子の受け入れ体制を整えている。この内膜が赤ちゃんを包むベッドになるのだ。しかし、受精しなかった場合、この内膜は古くなって剥がれ、体外へ排出されていく。これが生理だ。この排出作業は子宮が収縮しながら行われるので、腹痛や腰痛が起こる場合が多い。この痛みが生理痛だ。この生理痛も個人差があり、痛みを感じない人もいれば、嘔吐してまともに食事もできず、救急車を呼んだことのある人までいる。

私の場合、生理前は便秘気味になり、生理になった途端下痢気味になる。なので、子宮が収縮している痛みなのか腸の痛みなのかどちらか分からずトイレに駆け込むこともある。元彼に「生理の痛みは下痢の痛みに近い」と伝えたとき、時おり下痢気味で悩んでいた彼は「毎月1週間も下痢の痛みが続くなんて」と身震いしていたものだった。何はともあれ、ほとんどの女性は生理時、何かしらの不調を抱えている人が多いのだ。

小5のときに初潮が来た。生理については早い段階から母親から習っていたので、学校の休み時間にトイレに行ってパンツに薄茶色のシミがついていたことから、すぐにこれは生理だと確信した。大嫌いな担任教師だったがとりあえず「パンツに血が付いています」と報告。教師は保健室に行くよう指示し、私は保健室で養護教諭に生理用ショーツとナプキンをもらって処置をした。

正直、生理が来たことは嬉しかった。オシャレをしてもいい大人に近づいたのだ。これを人に言うと割と驚かれるのだが、その日は学校から帰宅して「ただいま」のすぐ後に父に「生理が来た!」と伝えた。すると父はスーパーの惣菜売り場で赤飯を買ってきて、その日の夕飯はいつもの男の手料理のおかずと赤飯が並んだ。母は私の洗濯物のショーツのオリモノの量が多いことから、近々生理が来ることを予想していたらしい。

しかし、生理が原因で母に怒られることはかなり多かった。まだ慣れていないのと、経血量が多い体質だったのですぐに漏らしてしまう。そのたびにショーツや布団を汚し「これは恥ずかしいことである」と怒られた。神社に参拝する際も生理中の女性は「穢《けが》れ」なので鳥居をくぐれず鳥居の外を通るように言われた。

生理が始まってすぐは周期が安定せずに突然来ることが多く、それで私はショーツを汚していた。いつ来るのか分からないので、ならば毎日生理用ショーツを履いてナプキンをしていれば安心だと毎日生理用ショーツを履き始めたら、これまた洗濯をしていた母から見つかり「蒸れるでしょうが！」と怒られた。

昨年、初期の子宮内膜症が見つかったため今はピルを服用している。高校の頃や会社員時代は生理痛で授業や会社を休むこともあったため、今はピルが便利過ぎて子どもがほしいと思うまではずっと飲んでいたい。大学生の頃も生理痛解消のためピルを飲んでいたが、母は「薬で身体をコントロールするなんて」とピル服用に怪訝な顔をしていた。私の重い生理痛もピルのせいだと思い込んでいた。母は本来なら性教育を行う養護教諭であるが、地方ということもあり、まだまだピルや生理に関して情報がアップデートされていなかったのだ。ちなみに今はさすがに30歳を越えた大人になったので、生理に関して母が干渉してくることはない。

女性特有の出費が高過ぎる

女性は男性に比べて、生きているだけでお金がかかる。まず、セキュリティ面で問題なさそうな物件を選ばないといけない。オートロックの物件になるだけで、家賃が1万円ほど上がる。Twitterのアンケート機能で、都内に住む私と同い年の女性を対象に物件調査をしてみた。物件を選ぶ際、最も重要視する点について（投票数38票）、「家賃」と答えたのが32％、「セキュリティ面」が29％、「日当たりや綺麗かどうか」が26％、「その他」が13％となっており、多くの人が家賃面とセキュリティ面を気にしていることが分かる。

また、都内に住む同い年の女性に家賃はいくらか、アンケートを取ってみた（投票数43票）。「6万円以下」が19％、「6・1万円〜7万円」も同じく19％、「7・1万〜8万円」が28％、「8・1万円以上」が最も多く34％となった。家賃は月の手取りの3分の1以下に抑えないと苦しいと聞くが、仮に月の手取りが24万円程度だとすると、それなりに高い家賃の部屋に住んでいる人が多いのだ。

同い年で都内で一人暮らしをしている人へ向け、月の出費のアンケートも取ってみた（投票数77票）。結果、「10万円以下」が18％、「11〜15万円」が最も多く34％、「16万〜20万円」が21％、「21万円以上」が27％となっている。みんな、家賃と光熱費、食費や交通費、美容費、交際費などを含めるとカツカツなのではなかろうか。

女性特有の出費が、毎月の生理用品やピル代。これもTwitterでアラサー女性にアンケートを取ってみた。「生理用品代やピル代を負担に感じていますか？」という問いに（投票数268票）、「負担に感じている」が84％、「特に負担だとは思わない」が16％で、8割以上の女性が生理用品代に何かしら不満を抱いている。

2019年10月の消費税増税の際、食品は税率8％のままだったが、生理用品を含むその他の生活用品は10％まで上がってしまった。私は増税までの間にちょこちょこドラッグストアを廻り、生理用品を買い溜めした。私はいつも、1パック30コ入りの2パックセットで298円の激安ナプキンを購入しており、一度の生理で1パックちょっと使う。私はこの激安ナプキンでも平気だが、少し高い敏感肌用のナプキンでないと生理期間を快適に過ごせない人も多いのではないだろうか。そういう人は生理用品の負担がさらに増えることになる。

増税前にナプキンの買い溜めをした私であるが、現在は子宮内膜症治療のために生理が

3カ月に一度しか来ないタイプのピルを飲んでいる。生理痛が重くてピルを飲んでいる人もいるだろう。このピル代も他の先進国に比べると高い。アメリカなどではピルはドラッグストアなどで安価で簡単に手に入るが、日本では個人輸入を除き、処方箋が必要だ。私は治療用のピルで保険が適用されているが、それでも3カ月分で7950円もする。

女性は社会的マナーとしてメイクを強いられる場面も多い。いわゆる「就活メイク」なんてのも、まさに女性がメイクを強いられることの象徴だと思う。プチプラコスメからデパコスまで値段はピンキリだが、化粧品も消耗品であり、女性に必要なものである。

女性にはムダ毛処理問題もある。地道にカミソリ処理をしている人もいるが、今は美容サロンや美容皮膚科・外科も安くなっているため、サロン脱毛や医療脱毛をしている人も少なくない。私も医療脱毛済みの一人だ。過去に脇、両肘下、両膝上、両膝下、VIOを脱毛し、合計30万円ちょっとかかった。

女性は必要最低限の社会生活を送り、外見を保つための出費が多過ぎるように思う。男性は外見を保つために何をやっているのだろう。ヒゲ剃りと、健康を害すほどの肥満体型の人はジム代、薄毛に悩む人は育毛剤代といったところだろうか。しかし最近は男性のヒゲ脱毛も増えていると聞く。そういえばバンドマンの元彼もヒゲ脱毛に通っていた。

男と女、生きていく上でなぜこんなに出費に差が出るのであろうか。それなのに、男女では収入の格差がある。30代女性の平均年収は３００万円を切って２８０万円台だ。私も会社員時代、内勤の事務職ということもあり年収が３００万円弱だった。今は家事や育児に積極的な男性も多いが、家事育児のために残業と収入が少ない職を選ばざるを得ない女性もいる。女性手当のようなものを付ける等、男女の収入格差をなくす方法はないのだろうか。それか、男性の育児休暇が当たり前になって、男性が育休を取ったからといって出世できないということがないよう、男女ともに家事や育児を気にせず、同じだけの給与をもらって働き続けられる環境を企業側が整えてほしい。

11 風俗嬢

太宰が描く遊女に心惹かれた高校時代

性風俗は女性のセーフティネットと呼ばれることもある。仕事を失った女性が最後に頼れる場所でもあるからだ。しかし、見ず知らずの男性に身体を売ることで心身とも削られる思いをする人もいる。

でも、私は思春期あたりから風俗嬢に憧れに近い感情を抱いたことがあった。それは高校生の頃、太宰治の『富嶽百景』を読んだときのことだ。遊女の団体が富士山観光に来て、一人の遊女が草花を摘んでいるシーン。読んでいてその様子がまざまざと目に浮かび、彼女に心惹かれた。ここで太宰は富士に向かって「この女の人のこともどうぞ頼みます」と願うのだった。当時の遊女は今の風俗嬢よりも劣悪な環境で働いていたことだろう。私の中で当時の遊女は悲しい境遇の中、仕方なく働かされているというイメージがあった。

しかし、上京したら、「バーニラ♪バニラバーニラ求人♪」と、何やら楽しげで口ずさみたくなる音楽を流しながら「高時給」を歌ったトラックが平成の新宿を走り回っていた。会社員時代、そのトラックが職場の前を通った際、純粋そうな女性上司が「あのトラック何？」と問いかけてきて「高時給のアルバイトの宣伝車ですよ」としか言えなかった。性風俗という仕事があのにぎやかな音楽により、なぜか健全そうに宣伝されている。不健全さを中毒性のある音楽で健全に見せかけている不自然さがそこにはあり、かえって潔いと思った。バンギャル時代はお金のために割り切って風俗で働いている仲間もいて、私は風俗嬢あるあるネタを聞くのが好きだった。

2020年の夏、NPO法人ほっとぷらす代表理事の藤田孝典氏が「セックスワーカーは性暴力の対象になりやすいので、風俗店は全廃止すべきだ」とTwitterで発言して、多くのセックスワーカー当事者やその関係者たちから猛反発を喰らった。たしかに本番行為を強要された、差し入れの飲み物に薬を盛られた、盗撮をされたなどといったトラブルはよく聞く。しかしこの、風俗嬢を守ろうとしているようで実は差別や偏見に繋がる発言には私も眉をひそめて、その事態を見届けていた。私は今まで、そこでしか働けない人、風俗という仕事が好きで風俗店で働いている人たちを見てきたからそう言える。

なぜ私は風俗嬢になったのか

28歳の春、私は風俗嬢になった。本業のライター仕事はそこそこ順調だったので、お金目当てだったわけではない。一言で表すと、とても陳腐な言葉だが、〝心の隙間〟を埋めたかった（セックスワークを本業にしている人にとっては失礼に聞こえるかもしれないが、決して差別や揶揄しているわけではない）。仕事以外で誰も私を、特に恋愛の面で好きな異性から求められていないよう、ずっと感じていた。自分の女性性を確かめるためにも、私は性風俗への扉をノックした。

きっかけは、サブカル好きな女友達からの「変態が集まる店で働き出したらめっちゃ面白くてさ」という一言だった。お店のホームページを見てみると、確かにマニアックな店だ。種類でいうとM性感にあたるらしい。ドM男性を罵れるのでストレス解消になる、おっさんが必死こいている姿が間抜けでひどく面白いと、友達はゲラゲラ笑いながら話してくれた。

私が一番心配していたのは性感染症。しかし、この店はマニアック過ぎるがゆえ、粘膜接触が一切ない。たまたま手を怪我していて、その傷口から病気に感染した精液が入り込むような、よほどのことがない限り病気の心配はないだろう。しかし、水商売すらしたことのない私はやはり不安で、面接時は友達に同席してもらった。面接は淡々と進んだ。友達は横でニヤニヤしながら、プレイに使うオイルやローションなどの準備をしている。対応してくれたスタッフはごく普通の清潔感のある40代の男性。私は社長に源氏名をもらい、翌週から働き始めた。

社長から講習を受けた20分後、初めてのお客さんがついた。緊張し過ぎて、射精後に汚れた手をどうすればいいのか分からず（すぐに洗いに行くと失礼だと思った）オロオロしていたら、お客さんから「洗ってきていいよ」と言われた。その日はもう1本お客さんがついて終了となった。とても疲れたが、同時に謎の高揚感を得ていた。本業の合間に月1で出られたらと思っていたが、仕事の流れに慣れるため、最初の2カ月ほどは週1で出ていた。

初出勤から2日後の2回目の出勤時、本指名（リピーター）がきた。セックスワーク業界歴30年以上のベテランスタッフKさんが「お前、本指名か!?」と目を飛び出させて驚いている。こんなにすぐに本指名が返ってくることは珍しいらしい。その日はこの仕事を紹介してくれた友達と一緒に入っており、帰り際、社長が友達に「はい、紹介料。これで何かおいしいもの食べてきな」と、ポンと裸の2万円をくれた。友達は「わーい！」と素直に喜んでいる。そのまま二人で高級焼肉店へ行った。初めてこんなおいしい肉を食べた。

肉が口の中でとろける。良質な様々な部位の肉が次々と運ばれてくる。あの行為でこんな肉が食べられるのか……怖い。

友達は無邪気に肉に食らいついている。この世で最高においしいと感じる肉を食べながら私は決めた。セックスワークで稼いだお金は全て貯金すると（この肉のお金は実質的には友達がもらったものなので自分のものではない）。ありがたいことに、私は出勤したらほぼ毎回本指名を取れるようになった。日払いでもらえる給料は、数日以内にすぐ定期預金口座へ入金した。私のために予約をしてくれるお客さんがいること、私のために時間とお金を使ってくれるお客さんがいることがうれしかった。お客さんの前では違う自分になれた。

命がけで得たお金

私の姿を見た瞬間、延長を願い出るお客さんも時折いた。父方が「ミス〇〇」がいるような美人家系で、そのＤＮＡを少しだけ引き継いだおかげで「綺麗ですね」と言われることはそれまでも多かった。でも、どう反応すればいいのか分からず「そんなことないです」と首をブンブン横に振っていた。それが、セックスワークを始めたら笑顔で「ありがとうございます」と言えるようになった。必要以上に謙虚に振る舞うことなんてしなくていいのだ。

　仕事を終えて電車に乗った瞬間、私の抜け殻だけが電車に揺られ、魂はどこか別の場所を漂っているような感覚をいつも感じていた。帰宅したら、その日はどんなお客さんを接客したか、どんな話をしたか、どんなプレイをしたかなど、顧客情報をエクセルにまとめた。そして、次回指名してくれた際に前回話した何気ない話題を出すと、お客さんが喜んでくれることがうれしかった。

　もちろん、良い思いばかりしていたわけではない。ある常連のお客さんの指名の時間が近づくと、必ずお腹を下すようになった。最初のうちは「何か悪いモノでも食べたのかな？」と思っていたが、そのお客さんのときだけなので、自分はそのお客さんが苦手であり、ストレスでお腹を下していることに気づいた。今までプライベートも含め、いろんな場面で私は我慢ばかりしてきた。だから「嫌」という感情が麻痺していて、そのストレスが身体症状として表れるまで気づかない体質になっていた。要は、感情がぶっ壊れていたのだ。その後、スタッフさんに相談し、そのお客さんはNGにしてもらった。

　お店のスタッフさんには私の本業がライターであることを話していて、時折私が書いた記事も読んでくれているようだった。本業がどんどん多忙になり、店への出勤は2、3カ月に一度まで減ったが、それでもあのお店が私の居場所のように感じていた。出勤するたびに私の心は満たされていった。激レア嬢なのでお茶を挽く（お客さんが付かないこと）ことはなく、常にホテルからホテルへとせわしなく移動していた。

友達が言っていたとおり、お客さんのほとんどが変態か、性感染症にかかる可能性のあるヘルスやソープなどへ行くのを恐れている気弱そうな男性ばかりだった。自慰行為を見せたがる人、網タイツにヒールを持参して私にそれを履いてほしいのかと思いきやお客さん自身が履いてプレイに及ぶ女装癖の人、事細かに台本を書いてきてイメージプレイをしたがる人（体育館の使用権を争う男子vs女子という、それもめちゃくちゃマニアックな設定）。

あるときはどう見てもヤクザが来た。見た目は普通のおじさんなのに、服を脱いだら背中一面に昇り龍。あっ……と思っていたらにっこりと笑顔で振り返って背中を指差し「これ、気にしないでください」と言われた。いや、気にするし。事務所に戻ってスタッフさんに「さっきのお客さん、ヤクザでした」と報告すると、「ヤクザはドMが多いんだよ〜」とのんきにタバコをふかしながら言われた。

楽しみながら働いていたが、当時、金銭の交渉でモメた末に立ちんぼが殺される事件が多発していた。この店では、ホテルに先にお客さんが入っているパターンと、お客さんと待ち合わせて一緒にホテルに入るパターンがあった。ラブホテルには部屋に入った瞬間オートロックとなり、退出時にフロントに電話しないと鍵が開かないところもある。待ち合わせて入る場合、なるべく自分で鍵を開けられるタイプのホテルを選んだ。何か危険な目にあったとき、すぐに逃げられるように。

セックスワーカーの友達も何人かいるし、取材もしてきた。その子たちの多くは、本業にしていて、しかもカツカツの場合生活費で消えるか、もらったその日のうちに買い物で使ってしまうと言っていた。「堂々と人に言えない仕事で稼いだお金なので、早く使ってしまいたい」と言っている人もいた。でも私は、命がけで得たお金なので、簡単には手を付けられない方法を自ら選んだ。

ここは居心地がいい、けど

本業の方では本の出版が決まった。スタッフさんに話すと喜んでくれた上「お前、もうすぐ発売なのにこんなことしてる場合なの?」と心配してくれた(既に校了していて、あとは発売日を待つだけの状態だった)。ベテランスタッフのKさんに本の内容を聞かれたので、発達障害に関する本だと伝えた。でも50代だしきっと発達障害なんて知らないだろうなと思っていたら、驚くべき返答がきた。

「俺、一時期精神障害についてめちゃくちゃ勉強したんだよ。まだ当時は発達障害っていう言葉もなかった。絶対に遅刻してくるヤツ（風俗嬢）に『やる気がないのか！』って怒鳴ると泣きながら『違うんです。気をつけているのに遅刻しちゃうんです』って言う。勉強してから『ああ、この子たちは根性の問題ではなく障害なんだ』と理解できるようになった。この業界にはそういう子たちがすごく多い。それで、病院に連れて行ったり福祉の支援施設についていってあげたりっていう活動を、一時期やってたんだよ」

すごい。と、同時に、Kさん、若い頃めっちゃモテただろうなと思った。

最後に出勤したのは2018年7月頃だったと思う（1冊目の本の話をした後、店に出ていないので）。物理的にもう出勤する時間を取れないし、私にはもうあのお店は必要ないと、一人で過ごした正月に分かった。私のことを大切に思ってくれている人、信頼してくれている人の存在が分かり、心の整理がついた。

明けましておめでとうございます。○○（源氏名）です。突然ですが退職のご連絡です。ありがたいことに、本業のライターが多忙となり、2冊の本も出版しました。さすがに、本業との掛け持ちが厳しくなって参りました。3年前、初めて風俗で働いたのが○○（店名）で本当に良かったです。私は世の中を知らな過ぎました。この仕事で得られたものがとても多かったです。男性とのコミュニケーションの取り方が分かるようになったのが一番うれしかったです。お店は4日より営業開始とのことですので、昼過ぎ頃、ご挨拶にうかがいます。お忙しいところお時間をいただくことになり恐れ入りますが、よろしくお願いいたします。

数十分後、店から返信があった。「明日、お待ちしています」とのこと。

翌日、私は最寄り駅で菓子折りを手土産に買い、店へ向かった。事務所の扉をノックして「お疲れ様です～」と入る。スタッフさんが二人いた。

「お～！　久しぶり！　髪色すげぇな！」

スタッフKさんが笑顔で出迎えてくれた。正月明けの店は相当忙しいようで、ひっきりなしに電話がかかってきている。その電話の合間にKさんといろいろ話した。一時期、摂食障害がひどかったこと、今は回復していること、本の売れ行きが順調でAmazonで一時的に在庫切れを起こしていること、恋愛や結婚のこと。そして、このお店で過ごした約3年、振り返って働いて良かったと思っていること。この日は忙しく、出勤女性が足りないようだった。Kさんは冗談交じりに「14時から60分入っていくか？」と聞いてきたが「もうやらないっす」と笑いながら答えた。そして、今日は出勤していなかった別のスタッフさん、仕事を教えてくれたり「○○ちゃん（源氏名）、大丈夫？」といつも気遣ってくれた先輩、なかなか現れない社長にも、ありがとうございましたと伝えてもらえるようKさんに言った。

事務所を出るとき、Kさんは「またいつでも戻って来いよ！」と私を指さした。やっぱりこのお店は居心地がいい。でももう、戻らない。

事務所を後にし、駅まで歩いた。そのとき、ビルとビルの隙間に、小さな小さな神社があることに気づいた。3年通っていたこの道に、こんなに小さな神社があることにずっと気づかなかった。敷地面積8畳ほど。きちんと手水舎まである。そう言えば、まだ初詣をしていなかったので、ここで済ませていくことにした。お賽銭をどこに投げればいいのか分からず探したら、拝殿の隙間に「賽銭入れ」という札がかかっていた。手を清め、賽銭を入れて鈴を鳴らす。二礼し、手を叩き、祈った。この地へのお礼も神様へ伝え、一礼した。

帰りの電車に乗った。お世話になったラブホテルたちを最後に眺めようと、ホテル街の方へ体を向けていた。もうすぐホテルが見えてくる。と、そこに反対方向行きの電車がゴーッと通り過ぎていった。その電車とすれ違った後は、ホテル街は既に過ぎ去っていた。もう、このホテル街は見なくていいということを、神様が伝えてきたのかもしれない。

12 フェミニズム

「女子大は就職に有利」の実態

私が初めてフェミニズムの問題にぶち当たったのは大学選びのときだった。本当は男女でワイワイできる共学のキャンパスに憧れを抱いていたのだが、恩師である高校時代の古典の教師から「女子大は就職に有利だから」と勧められて女子大に進学したのだった。当時はなぜ女子大が就職に有利になるのか分からなかったのだが、後にこのご時世に至ってまだ就職において男女差別があり、女子にだけ会社説明会や入社試験の日程を伝えない企業があると知った。しかし、女子大には始めからきちんと説明会や入社試験の日程を伝えてくれる企業からしか求人が来ない。これが恩師の言っていた「女子大は有利」の実態だったのだ。それを知ったときはショックを受けた。

私が卒業した日本女子大学は日本で初めて女子に教育を行う方針を掲げた大学だったので、フェミニズムの講義は盛んだった。特に女性学の講義は興味深く、田村俊子の『生血』は何度も読み返した。

フェミニズムとは女性が男性と同じ権利を持つために世に出ていくことだと学んでいたが、平成の社会に出たら何もかもが違った。そもそも賃金が男女で違う。明治時代に平塚らいてうたちが行動を起こしたことがないことになっている。明治時代の女性作家は活動家でもあったと学生時代のノートに私は記している。でも今のフェミニストたちは確かに活動家として動いている部分もあるが、ネットというツールによって話が複雑化することが多く一部のフェミニストはどこか歪んで偏った印象がある。

大学を卒業して10年。#MeToo運動をはじめ、ここ数年フェミニズムへの関心が高まっているように感じる。私自身はフェミニストではないと思っていた。ところが作家の深志美由紀《みゆき》さんに「姫野さんはフェミニストだよ！」と言われ、一瞬言葉を失った。

確かに男女差別には声を上げたいし、性暴力なんてもっての他だ。男女ともに人権が守られる世界であってほしいと思っている。それは当たり前のことと思っていたが、こういう思想こそがフェミニストである証拠なようだ。私はフラワーデモのようなフェミニズム運動などには参加していないが、今でもフェミニズムを題材にした本は興味深く読んでいる。

本音を言うと、フェミニズムの話をするのは気が重くなるときがある。繰り広げられている現実があまりにもつらいからだ。痴漢被害や性被害を訴える女性がいると、「誘うような格好をしていたのではないか」「ハニートラップなのではないか」とセカンドレイプが起こる。性被害を受けた人は二重に苦しまなければならないのだ。

性被害を受けたとある知人女性は、県境で被害を受けたため最寄りの警察署では管轄外とされ、被害を受けた県の警察署へ行くよう言われたという。そこでもたらい回しにされ、何度も同じ説明を刑事にしなければならないのが苦痛だったと語っていた。

元ホモソ編集者がフェミ本でヒットを飛ばすまで

私と同い年でフェミニズムをテーマにした本の編集を手がけている男性編集者の原口翔太さん（仮名・31歳）がいる。フェミ系の本を同い年の男性が編集している。まずそのことに興味がわいた。彼は昔から男女の権利について考えていたのかと思いきや、意外な変遷を語ってくれた。

原口さんは男子校出身で、ホモソーシャル的価値観のド真ん中にいたという。中学の頃はエロ本の回し読みをし、誰かが若い女性教師をからかうのを「あ〜面白いなぁ」という感覚で見ていた。そんなノリのまま大学に進学したら、語学系の大学だったこともあり、学生の８割が女子だった。そこではとにかく女子たちに怒られた。「きちんと風呂に入れ」「服装がだらしない」「遅刻するな」といった理由だ。男性同士だったら「そんな細かいこと気にすんな」となるので、当時は「うるさいな」と思っていた。

　学生時代の友人の結婚式に参列し、ホモソなノリのままの友人の姿を見てしまうと、どんなに良い奴であっても、今の彼には「人の顔面を踏みつけても平気な人たち」に見えることもある。でも、そこで職業上フェミっぽい振る舞いをすると、友人たちからは自分が女性の味方をしているように見えているんだろうなと、微妙な心境になるという。そしてぼそっと「僕も昔はホモソのノリを盛り上げる側だったんですけどね……」と付け加えた。

　原口さんがフェミニズムに興味を持ったのは偶然だった。フェミニズムというジャンルは知っていたが、それが自分に関係してくることとは全く思っていなかったという。面白い書き手を見つけ、その人のフェミニズムに関する原稿を読んでいると、驚くことが多く引き込まれた。そしてこれは仕事上のコンテンツとして成り立つのではないかと思った。その予想は的中し、彼が手がけたフェミニズム本はかなり売れている。

　この本の編集作業を通じて、女性は仕事が終わった後にデートや遊びに行く際に一度着替えるということを初めて知ったそうだ。男性だったら仕事帰りにスーツのまま遊びに行くが、なぜ着替えるのか訊いてみると「職場に本気の服を着て行って会社の同僚男性から論評されるのが嫌だ」という。原口さんも「そのTシャツダサい」などと言われたら確かに嫌だがそこまで気にしないと思う、と。その感じ方に男女で差があること自体が面白いとのことだ。

職種にもよるが、女性は職場において「オフィスカジュアル」を強いられる傾向がある。私も会社員時代、私服は少しロリイタっぽい甘めの服装を好んでいたが、仕事着としては主にGUで安くて無難な服を買って着ていた。当時ヴィジュアル系バンドの追っかけをしていたので、仕事後にライブに行く際は予め着替えを持って出社し、仕事後、お気に入りのワンピースに着替えていた。私の場合、元々好きな服装が事務職としてはそぐわない格好だったので自重しており、男性からの論評は考えたことがなかった。でも「同じ環境で働く上で、男性からの論評を気にしている女性がいること自体、男性に権力がある証だ」と原口さんは主張する。女性は住む場所も安全面を考慮しないといけないし、服装も男性の目を気にして仕事後に着替えるし、化粧品や生理用品にもお金がかかる。

一方で多くの男性は弱者になったことがない。でも、老人になると誰でも弱者になる。だから「弱者について理解するなら、フェミニズムを学ぶことが唯一の手段だ」と原口さんは思ったという。そして、自分が今までパワーのある側にいたことに気づいた。「あのとき、あの女性に嫌な思いをさせてしまったな」と思うことが今でもある。

「『茹でガエル』って言うじゃないですか。熱湯の中に放り込まれたカエルはすぐに逃げ出して助かるけど、じわじわと低温で温められて茹でられていったカエルは自分が苦しんでいることに気づかないまま死んでしまう。権力を持っている男性の場合、僕も含め、自分が今苦しいということにあまり気づけないのではないかと思うんです。一方、女性は悲しいことに子どもの頃から抑圧される環境にあるので、自分にかかっている圧に気づきやすい」

男女関係で男性の方が構造上、権力を持っている。原口さんにそう指摘されるまで、それが当たり前過ぎて気づいていない自分がいた。偶然だが、今まで私の仕事相手は男性が多かった。ライター自体は女性の方が多いように感じるが、多くの編集者やクライアントは男性、しかも40代以上の中高年だった。

恋愛の指南本やモテ系の記事を読むと「男性のプライドを傷つけないような振る舞いを！」「些細なことでも褒めるのがモテへの近道☆」といったことが書かれている。これらのアドバイスは明らかに、男女のパワーバランスにおいて女性が下であることを表している。個人的に恋愛相談をした男性から「『会う時間を作ってほしい』とか、プレッシャーをかけるようなＬＩＮＥを送るのはＮＧだよ」と言われたこともあった。そのときは男性ってどれだけプレッシャーに弱いんだ？と若干呆れてしまった。

「男に勝ちたい」欲求

原口さんの話を聞いて男女関係のアンバランスな構造に気づいてしまった途端、私の中で「男に勝ちたい」という欲求が猛烈に膨らんできた。仕事でもっと成功したい。女だけどもっともっと稼げるということを証明したい。それと同時に「今、令和だよな。いつの時代の女性の話だよ。現代はウーマンリブ活動が行われていた時代なんかじゃない」と思った。

２０１９年の東大の入学式で祝辞を述べた上野千鶴子氏は、男女不平等について取り上げた。それに喝采する人がいる一方、「わざわざめでたい日に説教するなんて」と非難した人もいた。賛否両論が巻き起こった祝辞であったが、なぜ東大がこのタイミングで上野氏を呼んだのかを考えると、現代社会の歪みを看破した東大側の策略なのではないか、と思う。

原口さんの話を聞いていると、彼にとってフェミニズムは商売のネタであり、彼自身はフェミニストではないと感じた。原口さんは今でも、バラエティ番組などで女子アナの女性性をネタにしたいじりを観てつい笑ってしまう自分に、「あ、今俺笑ってた」と気づくことがあるという。フェミニズムに出会って完全に生まれ変わったわけではなく、まだ自分の中にホモソ的な要素は潜んでいる。フェミニズムを理解したというより、権力の所在に敏感になったんだろう、と。同世代だとこのような感覚は人それぞれなのかなと思うが、10歳下くらいになるとまた変わってくると思う、とも語った。

確かにタレントのりゅうちぇる氏や kemio 氏らのおかげで、若者の間で多様性や人権意識が受け入れられたように感じる。しかし同じ若者でも、セクハラをネタにした挙げ句、それを一部のインフルエンサーたちがホモソ的なノリで楽しむ地獄絵図ができあがってしまったレペゼン地球のＤＪ社長の炎上騒動のように、二極化している。

原口さんは自身の中にまだ息を潜めている加害性のある男性性を恐れてか、「権力を持ちたくない」と語る。権力はできるだけ手放していきたい。でも、仕事柄、権力を持っていた方が本を売り出すときに有利だ。仕事面では権力を持ちたいが、権力を持つと誰かを嫌な気持ちにさせてしまうこともある。しかし、自分も無傷で誰も傷つけないでいることはあり得ない。

一方、プライベートでは権力を持ちたくなさ過ぎて「もっと考えて」と、同棲中の彼女に怒られることがあるという。権力を持たないということは同時に、責任を放棄し、思考を停止させることでもある。当時、原口さんカップルは引っ越しを予定しており、物件を探しているところだったが、彼女ばかりが物件探しをしていたため怒られたそうだ。

違和感の正体

当初私は「男性のことをもっと知れば女性も生きやすくなるのではないか、だから男性学を学ぶべきではないか」と思っていたが、原口さんはこう続けた。

「確かに、男性だから稼がないといけないという男としての圧は感じていますが、女性が男性のことを知るより、男性が女性の生きにくさを見つめた方が楽なんです。男性性の押し付けから逃れるための一番良い方法は、女性のしんどさを取っ払うことです。そうすると男性の負担も軽くなってくるし、社会全体のためになる。男性が男性の苦しさを解決しようとすると、どうしても自慢話などの競争になってしまうので実はすごく難しい。これはある種の逃げなのですが、自分自身の苦しさに向き合いたくないんです。多分僕は一生男性性や男性らしさから逃れられないから、男性学は存在するべきだと思います。でも僕は、自分の苦しさを解放できない代わりに、他の人を解放する手伝いができるのなら、そっちのほうがマシです」

なるほど、無理して男性を理解する必要はないのか、と思ったが、ちょっとした違和感が残った。その違和感の正体を紐解いてみると、原口さんは生きづらさから逃げるために楽な方法を選ぼうと、女性任せにしている可能性がある点だ。いや、完全に任せているというわけではなく、「手伝い」という名目で女性の言動を何も考えずに受け入れているだけなのかもしれない。

過去、ホモソ界にどっぷり浸かっていた原口さんがフェミニズムについて考えるようになった変遷のギャップは大きくて、純粋に面白い。目の付け所も頭の回転も良いため、本も売れているのだと思う。要は、フェミニズム的な思考と、手放したい男性性のバランス感覚が絶妙なのだ。

なぜここまで女性が男性に気を遣わないといけないのか、男女の構造を気づかせてくれた原口さんに感謝したい。私はいちいち男性の顔色をうかがわなくてもいいのだ。しかし、原口さんはある意味特殊な例だとも言える。そして彼の話を聞いて、改めて自分は「うっすらフェミニスト」なのではないかと思えてきた。

13 ルッキズム

ブスをネタに笑いを取ることはもう古い

近年ルッキズム（優れた容姿に価値があるという考え方）にまつわる炎上事件が多い。2019年には某WEBメディア編集者が執筆した「カルチャー顔」記事の炎上事件があった。彼が定義するカルチャー顔とは「美しさの中に歪みがある」「標準的なハーフ顔とはちょっと離れている」など。今まで「塩顔男子」や「ジェンダーレス男子」などが流行った背景もあり、彼も一種の流行語を作り上げたかったとも読み取れる。カルチャー顔について、言わんとしていることは分かるが、上から目線と捉えられる表現や、彼がカルチャー顔と定義するモデルや著名人などの具体的な名前と写真を掲載したことも波紋を呼んだ。

そして、カルチャー顔の一人として紹介された作詞家の小袋成彬氏は激怒。最終的に記事は取り下げられ、執筆した編集者は小袋氏の住むロンドンまで謝罪しに行きその模様も記事にした。その謝罪記事が面白ければもっと挽回できたのだろうが、わざわざロンドンまで行ったのにびっくりするほど面白くなかった。

またこれも2019年、AbemaTVで放映された女性芸人をターゲットにした「ブスはいくらで脱いじゃうのか？」というドッキリ企画も炎上。ブスいじりをすること、女性の裸に値段をつけること自体、人権問題である。「ブスをウリにしている女性芸人もいる」という声もネット上で散見されたが、顔の作りが整っていない女性芸人であっても、近年は容姿で笑いを取ることが減ってきているように感じる。ブスをネタに笑いを取ることはもう古いのだ。

ルッキズム問題は容姿を重要視するモデル業界にまで広がっている。身長158㎝、体重86kgのプラスサイズモデルとして活躍中のエブチュラム真理栄氏は「〝何が美しい美しくない〟そんな話題すら無くなる　そんな世界がルッキズムの解放だと、私は思います。」と、自身の豊満なボディの写真と共にツイートしている。

それでも可愛いが正義

これらのルッキズム問題に対して、私の中でモヤモヤが消えない。私自身、美に対する意識がおそらく世間一般の人々と違う。前述したように、私はヴィジュアル系バンドが好きだ。V系は音楽性だけでなく見た目も重要視される。それゆえ、この界隈に身を置いていると美的感覚が世間とズレていく。先日 Psycho le Cemu のドラマー・YURAサマにインタビューする機会があったが、彼のキャッチコピーの一つは「顔が良いだけで業界に20年君臨！」である。とにかく顔・容姿が大事なのだ。

美容整形手術をするV系バンドマンも多い。公表はしていないが、昔と顔が違うのでおそらく整形したであろうと噂されているバンドマンはいるし、2019年には己龍というバンドのボーカル・黒崎眞弥氏が韓国に鼻の整形手術を受けに行ったドキュメンタリー動画を YouTube で公開した。黒崎氏は過去、日本で鼻の整形手術を受けていたことも告白。しかし、仕上がりに満足がいかず、顔のコンプレックスがパフォーマンスにまで影響を及ぼすようになったため、腕の良い医師がいる韓国での手術を決意したという。術後数日は顔がパンパンに腫れ上がり、鼻に詰め物をしているせいで口呼吸しかできないため鼻声で、その映像はかなり痛々しかった。そして、鼻を固定する器具をつけているため、しばらく自分で頭を洗えず、毎日美容室に洗髪しに行っているというエピソードも明かした。

このように、異常なほど美にこだわるV系バンドマン。そして、バンギャル自身の美の感覚もまた、世間とは少しズレている。

バンギャルの容姿の流行も移り変わっていくが、私がバリバリバンギャル活動をやっていた10年ほど前のバンギャルには、ジーザスディアマンテという姫系のブランドを着た通称「マンテギャ」や、黒髪前髪ぱっつん姫カット、または黒髪おかっぱでセーラー服のサブカルっぽい女子（手首にリストカットの跡があったりする）が多かった。服装はフリルやレースのついた少しロリイタっぽい感じ。ジーザスディアマンテはとてもじゃないが高くて買えなかったので（ワンピースが1着7万円もする）、私は中途半端なロリイタっぽい格好をしていた。本当はage嬢風のメイクもしたかったが、元々はっきりした顔立ちのため、当時流行していたつけまつげ3枚重ねなんかするとドラァグクイーンのようになってしまい、つけまは1枚で自重していた。

バンドマンも、そんな格好をしているバンギャルを好むのだ。狭い世界の中で需要と供給が成り立っている。バンギャルは可愛ければ可愛いほど、痩せていれば痩せているほど良しとされる。また、可愛い子ほどバンドマンからも狙われやすいため、他のバンギャルから嫉妬の対象となり、あることないこと、誹謗中傷をネット上の掲示板に書き込まれて心を病んでしまう。それでも可愛いが正義。

社会人になってバンギャル界隈以外の人と接するようになった途端、「エッジのきいた髪型してるね」とか「面白い服着てるね」と言われるようになった。このことを同じくバンギャルの友達に話すと「それ、バカにされてるんだよ！」と言われ、ここでようやく世間との美的感覚のズレに気づいた。

自分で満足いかないのなら、可愛くなるため、美しくなるための努力は必要だ。他人は人の容姿をそこまで気にしていないのでこれは自己満だが、自己満でいいのだ。私はむくみやすい体質なので、寝過ぎたりお酒を飲み過ぎた翌朝などは、まぶたが腫れて奥二重になる。そんなときはやむを得ずアイテープで二重にするが、他人からしたら二重だろうが奥二重だろうが知ったこっちゃない。それでも自分だけは気になるので応急処置をする。

こんな風に美意識をこじらせているせいか、昨今のルッキズム問題に対して「ブスはブスだし、それを認めてメイクやファッションの研究やダイエットをしたり整形手術をすればいいのに」と正直今までは感じてしまっていた。ところが最近、YouTube で芸人のバービーさんの動画を見たことで、この考えが一変した。彼女は率直に言って美人の部類に入らない顔だが、コンプレックスだったニキビ跡の治療のレポートや、テーマを決めてのメイク動画などを発信している。その様子が心から美容を楽しんでいるようで、見ていて気持ちが良いのだ。バービーさんは自分の容姿を受け入れつつも、美と友達になっている。

雑誌に載せられる程度の顔面レベル

数年前、とある女性ファッション誌の編集者と仕事をするかどうか相談をしたことがあった。新卒で入ったばかりの若い女性編集さんでとにかくがむしゃらに働いているようだったが、ファッション誌なので少しでも流行遅れの服を着ていたりメイクがダサかったりすると上司から注意されるとのことだった。編集やライターの仕事なんて、頑張れば頑張るほど格好を気にする余裕がなくなっていくこともあるのに（校了前は特に）服やメイクに気を遣わないといけないなんて、超過酷な編集部だと絶句したものだった。

打ち合わせた仕事内容の中には、読者モデルを探す仕事も入っていた。彼女は街でキャッチをして読モを探しているとのことだったが、職場バレしたらまずい女性もいるので、これがなかなか大変なようだった。当時、私の周りにはちょっとしたフリーのタレント活動をしている女性も数人いたので、その子たちに声をかけてみようかと思い「顔の可愛さはどれくらいが基準ですか？」と聞いたら「雑誌に載せられる程度の顔面レベル」という答えが返ってきた。雑誌に載せられる程度の顔面レベル……。あまりにも抽象的で残酷な響きだった。結局その仕事は縁がなく、その編集さんともそれきりだ。今となっては、ファッション誌界隈も言葉遣いに慎重になっているのかもしれない。

心の中で「あの子はブス」と思ってもいいけど、口に出したりいじったりしてはいけない。とにかく容姿を理由に傷つけてはいけない。そんな思いはあるものの、夜遅い混んだ電車の中でイチャついているカップルは必ずといっていいほどブスとブサイクのカップルで、イラッとしてしまうのは私の性格が悪いからであろう。

なぜ今、ここまで見た目問題が注目されているのか考えると、フェミニズム運動が盛り上がっていることも要因の一つと考えられそうだ。「女性の人権を叫ぶ女なんて男に相手にされないブスだけ」と罵るミソジニストもいるが、女優のエマ・ワトソンを始め、元女子アナの小島慶子さんや、#KuToo運動発起人でグラドルの石川優実さんなど、美しい容姿の女性たちも声を上げている。ミソジニストが好む女性像はおとなしくて控えめで、それでいて容姿端麗で自分が支配できる女性だ。自分の意思を持つ女性は、彼らにとってブスと罵る対象となる。なんとも稚拙で呆れる話であるが、彼らは心の底では女性を恐れているのだろう。

急にルッキズム問題が浮上してきたことに恐怖さえ感じる。確かに差別は良くない。しかし、世の中には美人の部類に入る人の方が少ない。だからこそ、女子アナやモデル、芸能人として活躍できる人がいる。そして何より、可愛くなる努力、綺麗になるための努力を私自身は楽しんでいる。新しいメイク用品をおろす際のワクワク感や、毎晩のスキンケアでプルプルの肌を触ること、毎朝乗る体重計（摂食障害があるのでこれはちょっと病的だが）の数字を維持できていること。女性の担当編集から「そのアイメイク、いつもと違って良いですね。可愛い」と褒められたことも嬉しかった。それに加えてありのままの自分を受け入れ、バービーさんのような美容オタクになれたらもっとうれしい。

14

グラビアアイドル

AVよりもエグいけど成人指定じゃない

学生の頃、オタクの市民権を勝ち取った第一人者と言っても過言ではない「しょこたん」ことタレントの中川翔子さんが大好きだった。毎日ブログをチェックしており、一度だけ写真集を購入して握手会にも参加した。その写真集はビキニ姿のカットはあったものの、可愛らしいフリルのついたデザインの水着で、しょこたん愛用のメイク用品なども同時に紹介されているという、どちらかといえば女性をターゲットにした写真集だった。

ある日、コンビニで週刊誌だったか青年漫画雑誌だったか忘れたが、しょこたんの表紙を見つけ、立ち読みをして衝撃を受けた。明らかに布地の面積が小さいビキニを身に着けていて、性的な匂いが立ち込めている。可愛くてオタクでユニークなしょこたんのイメージがガラガラと崩れ落ち、ショックを受けた。おそらく女性が普通に日常生活を送っていると、水着グラビアを見る機会は少ない。

ライター仕事をするようになって、何回かグラビアアイドルへインタビューする機会があった。あるグラドルをインタビューする際、リサーチのために彼女のイメージＤＶＤを再生した。画面の中でそのグラドルは小さなビキニからこぼれんばかりのたわわな胸を揺らして縄跳びをしたり、バランスボールに乗って上下に揺れていたり、なぜかローションまみれでマッサージを受けていたりした。なんだこれは……ＡＶよりもエグいじゃないか……ＡＶではないのに、明らかに性行為や性的な連想を抱かせるポーズやシチュエーションが続く。

グラビアとは不思議な文化である。成人指定ではないので18歳以下でも購入できる。以前、元グラビアアイドル、現在はフェミニストで #KuToo 運動の発起人である石川優実さんにインタビューした際、「グラビアはギリギリのところを攻めるし、どんどん肌の露出を増やしていかないと仕事がないと言われ、NGだったお尻の露出を強要された」と言っていた。石川さんの場合は強要があったとのことだったが、他のグラドルはどうなのだろうか。知り合いに元グラドルで、今も芸能活動を続けている北山亜美さん（仮名・27歳）がいる。グラビアとは一体何なのか？　石川さんと北山さんの話をもとに紐解いていきたい。

グラビアは有名になるための踏み台

北山さんは幼い頃から芸能界入りすることを目指しており、20歳を過ぎて上京。とりあえず会社員として働いていたとき、偶然、芸能事務所に所属してデビューできる話が舞い込んできた。最初の仕事は撮影会だった。大きい事務所だと、週刊誌や青年漫画雑誌のグラビアのミスコンに応募させてくれたりするそうだ。みんな若いときは水着の仕事から入るのが当たり前で、まずはグラビアで名前を売る。彼女は「グラビアは有名になるための踏み台だと思っている」とも言った。ちなみに石川さんも最初の仕事は撮影会だったと語っていた。

グラビアは踏み台……確かにMEGUMI氏や小池栄子氏はグラドルとして注目された後、

バラエティ番組やドラマなどで活躍している。最近だと壇蜜氏や橋本マナミ氏あたりがそのケースだろうか。しかし、俳優志望の若い男性だと、自分の性を売るような踏み台仕事をしている印象はない。せいぜい、エキストラの仕事で一日拘束されてほぼノーギャラという程度だ。女性の芸能人志望者にだけ、性的搾取が求められる構図に疑問を抱く。

北山さんは撮影会で初めてビキニを着た。スタイルに自信があるわけではなかったので、正直抵抗はあったが、最初に撮影してくれたアマチュアカメラマンが彼女の容姿を褒めてくれて、抵抗は薄れていった。その後、運が良いことにいきなりイメージDVDデビューが決まった。メーカーによって内容は少しずつ違うが、出演承諾書を兼ねたNG項目リストの用紙があり、北山さんはTバックとOバックと手ブラをNGにしていたという。撮影では、いやらしくシャツを脱いだり、M字開脚でパンチラさせながらチュッパチャプスを舐めたりというカットがあったが、初めてのイメージDVD作品ということで浮かれていて、そこまで嫌だという気持ちはなかった。

ところが、2枚目のイメージDVD撮影時に北山さんは不信感がこみ上げる。撮影前には監督とマネージャーとスタイリスト立ち会いの下、綿密な打ち合わせがあったにもかかわらず、用意された衣装のパンツの布地の面積が明らかに小さくなっている。そして、追い打ちをかけるように、撮影時にNG項目を「これ、行けます?」と監督に持ちかけられたのだ。このとき、北山さんは激しく抵抗をする。マネージャーも同席しているのに何も言ってくれず「ああ、そう言えばNGだったね」というぼんやりとした反応だった。そして彼女は語った。

「現場ってヒエラルキーがあるんですよね。メイクさんやスタイリストさんたちには、監督に口出しをして女の子の味方をすると次の現場に呼んでもらえないかもしれない、という恐怖があって、何も言えないのだと思います。結局私は自分で監督と交渉し、一番嫌なカットだけ写さないということで落ち着きました」

このように、聞いていた内容が違う場合、北山さんを含め、きちんと抗議できる人は強要問題に発展しない。逆に、気が弱かったり「この業界はこんなものなんだ」と思って飲み込んでしまう女性は泣き寝入りすることになるのだ。北山さんはイメージDVDの発売前、内容を事前にチェックし、あまりにも露骨な性表現で自分が嫌だと思う部分はカットしてもらうようにした。イメージDVDはとにかく舐め回すような接写が多く、それが嫌だったという。

一方、石川さんはNGにしていたお尻の撮影を強要された際、メイクさんや他のスタッフたちは誰も助けてくれず、泣きながら撮影に応じたそうだ。石川さんは当時とあるグラビア誌で、水着や制服姿で10カ月連続撮り下ろしグラビアを掲載されており、雑誌内での人気ランキングも1位になっていたのに「もっと露出を多くしないと撮ってもらえないよ」とマネージャーに言われ、「何故ランキング1位なのにもっと脱がないといけないのか意味が分からないけど、そういう業界なのか」と受け入れてしまっていた。撮影現場には味方が一人もいなかった。

慎重な北山さんと、現場の雰囲気から強要を受け入れてしまった石川さん。北山さんは嫌な思いをしたにもかかわらず、今後もグラビアはやりたいという。

「写真集も出させていただいたのですが、その撮影の際は必ず『○○（スタッフの名前）髪の毛直しまーす』と声がけがあり、勝手に体を触られたり嫌な思いをすることはありませんでしたし、写真集や週刊誌のグラビアはイメージDVDとは全く別物で、芸術的センスがあると思っています」

「お姫様扱い」で嫌なことも帳消し

実は6、7年ほど前、知人の編集プロダクションの社長から「週刊誌で素人グラビア特集やるんだけど、全然出てくれる子見つからなくて……桂ちゃん出てくれない？　他にも何人か載せたいから誰か紹介してもらえるとうれしい」と言われたことがあった。まだ駆け出しライターだった私は、あわよくばその週刊誌を発行している大手出版社の人脈ができるかもと淡い期待を抱きつつ、他に出てくれる子を探し、自分も撮影に応じた（今思うとこれも、性をきっかけに仕事の幅を広げようとしている行為だ）。

事前の打ち合わせはかなりきちんとしたもので、編集者、スタイリストさん、編集長まで同席。ＮＧ項目と、どう撮られたいかの確認があった。私は乳首とヘア、お尻全体をＮＧにし、いやらしくなく格好良く撮ってほしいと希望。結果、黒いブラジャー、黒Ｔバックとガーターベルト、黒いブーツ、黒いハットという、少しＳＭの女王感漂う姿に仕上がった。プロのメイクさんに綺麗にメイクしてもらうことも気持ちが良かった。

しかしブラジャーを身に着けた貧乳でちんちくりんな私を見たスタイリストさんは一瞬言葉を失い「あっ、胸を作ろう」そう言い放ってヌーブラ着用を指示、ガムテープで背中や脇腹の肉を寄せに寄せて、あれよあれよと言う間に偽の谷間ができた。後にヌーブラやガムテープは画像加工で消されている。

カメラマンさんは男性だったが、ポーズの指定の際も決して私に触れようとせず、実際にカメラマンさんがポーズをしてみせてくれたものを私がマネした。そのとき、グラビアってこんなに真面目に撮影されるものなのか～と妙に感心したものだった。話が脱線したが、そのくらい、紙媒体のグラビア撮影の現場はある意味健全なのだ。

北山さんはイメージDVD出演で驚いたことの一つに「お姫様扱い」があったという。映画や舞台の現場ではそのような扱いはなかったとのこと。イメージDVDの打ち上げでは、彼女が箸を付けるまで誰も料理を食べようとしない。彼女は会社員経験があったので、むしろお偉いさんがたに気を遣う方だった。だから「監督お疲れ様です～」と日本酒を注ぎに行こうとすると「亜美ちゃんは座ってて、何もしないで！」と言われてしまった。

「社会人経験がないままこの業界に入ったら、このお姫様扱いに慣れきって勘違いしてしまう子もいると思う」と北山さんは言う。よくグラドルがメイク中の自撮りを「メイクなう」とSNSに上げることがあるが、あれも自分のためにメイクさんがメイクしてくれることでテンションが上がるからだと。だから、撮影で多少嫌なことがあってもこのお姫様扱いで帳消しにされてしまうというのだ。

嫌な撮影でもお姫様扱いでペイされる。確かに私が過去に素人グラビアに挑戦した際も、ちょっとしたお姫様扱いだったと思う。打ち合わせは万全だったし、スタイリストさんとメイクさんが付いて、とにかく綺麗に撮ってもらえた。媒体側としても、変にモデルの嫌がることをリクエストして、後で写真の掲載拒否をされたらかなり痛いからであろう。

アラサーグラドル二人、それぞれの進路

イメージDVDと紙媒体のグラビアの格差がかなり大きいことが、北山さんの話からうかがえた。イメージDVDに出演していた時代、北山さんは劇的に貧乏だったと語る。DVDが発売されてからギャラが入金されるまで3、4カ月のタイムラグがあるのだ。グラビアをやっていた3年間は最低限のお金はまずスキンケアに使って、服は先輩のお下がりを着ていた。

今、北山さんは舞台や映画などの仕事だけでは食べていけないため、アルバイトをしつつ生計を立てている。彼女は現在アラサーだ。正直、芸能界に疎い私でさえ、その年齢でこの先売れるのか、心配になる。いやでも、壇蜜氏や橋本マナミ氏はアラサーになってからブレイクしたが、しかしある程度年齢を重ねてから売れるのはほんの一握りだろう。北山さんは「この業界は見えない年齢制限がある」と語る。アラサーで「普通の女の子になる」と、資格などを取って引退する子はある意味賢い。ちゃんと一般人として生きていかなきゃ、という意識があるからだ。でも北山さんは夢を諦めきれず、しがみついている状態だ。

昔はグラビアで名を売ってからタレントや女優にシフトするケースもあったが、現在は

その枠がＡＫＢ48系で埋められており、さらに厳しい時代だとも北山さんは語る。彼女がグラビアをもう一度やりたい理由はもう一つある。この時代、ＳＮＳに投稿されたたった1枚の写真をきっかけに、無名でも関係者の目に留まり、突然有名になれることもあるというのだ。彼女も昔撮影したグラビア写真をInstagramにアップしたところ、たくさんの「いいね」がついた。そうやってＳＮＳがきっかけで自分も有名になりたいと彼女は願っている。

一方で石川さんは現在フェミニストを名乗り、２０１９年には英ＢＢＣが選ぶ「１００人の女性」のうちの一人に選ばれた。２０２０年7月の都議会議員選挙では宇都宮健児さんの応援として街頭スピーチを行っている。グラビアと並行して、社会運動を行いフェミニストの道を突き進んでいるのだ。彼女はグラビアも含めた芸能活動をしつつ社会運動を行うことに対し、こう語っている。

「私がグラビアやヌードで体を晒しているのに、#MeToo運動や#KuToo運動をするのは矛盾していると批判する人もいますが、脱ぎたくて脱ぐのと脱ぐように仕向けられて脱ぐのは違いますし、セクシーな表現をする女性が社会活動をしてはいけない決まりなんてありません」

北山さんも石川さんもアラサーだ。この二人のグラビアの捉え方は似ているところもあるが、ベクトルが異なっている。現場での強要をその場で抗議することができて、今後もグラビアをやって名を馳せたいという北山さん。強要を現場では抗議できなかったけど、その過去を社会運動に昇華しているようにも思える石川さん。私自身はこうやって過去の親との関係や学校での軋轢を書くことで整理をしている部分があるので、石川さんのマインドに近い気がする。ただ、いろんな考えのフェミニストがいるため、フェミニスト同士で衝突が起こるという話はよく聞く。今後石川さんはどういう方向性で運動を進めていくのか、ちょっぴり心配な部分もある。

おそらく日本にしか存在しない、グラビアという不思議な娯楽。男性たちは「可愛い」より、「ヌケるかどうか」の性的な目線で見ているのだろう。グラビアをやりたくてやっている女性もいるはずだが、北山さんのように「いつか有名に」を目指してやっている人もいる。男性のエロ心をくすぐり、性を入り口にしないと知名度を上げられない構造は少し疑問を感じる。自分の性の一部を売らないといけないと、どこかで割り切らないといけないのだ。

しかし最近はフワちゃんなど、YouTuber 出身のタレントもいる。若者の流行はＳＮＳ、TikTok やライブ配信から生まれている。これだけ個人が発信力を持てる今の時代だ。テレビや雑誌を見ない10代20代の若い子も多い。最先端を行くなら、ＳＮＳで他の人がやっていないことをしてバズれば、グラビア等で性を売り物にをせずとも有名になれるのかもしれない。

15 サラリーマン

お小遣い月3万円

私が普段付き合いのある男性は同業者やバンドマンなど、少し「普通」から外れた人が多い。一言で表すと「サラリーマン」でない男性だ。父親もフリーランスの翻訳者なのでサラリーマンではない。ゆえに私にとって、サラリーマンは遠い存在だ。ＯＬ時代はごく普通のサラリーマンたちと一緒に仕事をしていた。でも私は必要最低限のこと以外彼らとコミュニケーションを取っていなかったので、彼らのことをよく知らないまま会社を辞めてしまった。

サラリーマンと言われてイメージするのは『クレヨンしんちゃん』のお父さん、野原ひろしだ。ひろしの設定は35歳にして係長。妻のみさえは専業主婦なので、ひろしは大黒柱として頑張っている。けれど今の時代、35歳で係長になれるのはほんの一握りだろう。だから、あまりリアルなサラリーマンの実態が分からない。今さらながらそんなサラリーマンの実態を探るべく、3人のサラリーマン男性に話を聞いてみた。

最初に話を聞かせてくれたのは、OL時代の同期だった寺山裕也さん（仮名・31歳）。寺山さんは4年前に結婚。友人の結婚式の二次会で知り合った女性の顔が好みで交際、結婚へ至った。2歳になる娘がいる。

寺山さんは今どきの男性にしては珍しく、30歳までに結婚したいと考えていた。漠然と30歳までに結婚したい、子どもがほしいという思いがあったとき、今の妻に出会い28歳で結婚。特に合う趣味もないが、一緒にいて楽しいのだという。基本的にデート代は全部寺山さんが出していたが、さすがにディズニーランドのチケットは割り勘にした。寺山さんも妻も一人暮らしをしたことがなく、お互い実家住まいだった。実家暮らしだと何かと気を遣う。月に3回はラブホテルに行き、ホテル代やガソリン代、高速代も寺山さんが持った。

専業主婦の妻はやりくり上手だという。寺山さんは独身時代、好き勝手にお金を使っていたが、妻はきちんと貯金していた。だから一緒に暮らすことになったとき、引っ越し代や家具・家電代でほとんどお金がなくなってしまい「私はこれだけ貯めていたのにあなたは貯めてなかったの？」と怒られてしまったという。また以前、勝手に通帳を作ったら怒られてしまったので、結婚前にへそくり用の隠し口座を作っておくべきだったと後悔をしている。カードも持たせてもらえないので、ネットで買い物もできない。

寺山さんは現在お小遣い制だ。その額月3万円。妻がお弁当を作ってくれていた時期もあったが、今は育児で忙しいので、昼食代も含めて3万円だ。しかも結婚当初は手取りの10％である2万5千円スタートだったらしい。あまりの少なさに絶句してしまったが、どうやら月3万円というのはサラリーマンの間では平均的な金額とのことだ。

現場が都心部の際はお昼を食べに定食屋に入ると900円くらいかかる。ワンコインで済ませるとなると牛丼屋くらいしかない。はっきり言ってつらいと寺山さんは語る。世の男性はどうやって3万円の中でお小遣いをやりくりしているのか不思議だとも。彼の場合、大半は食費に消え、残りは500円玉貯金をしてほしいものを買っている。先日は貯めたお金でワイヤレスイヤホンを買った。飲み会や遊びに使うわけではなく、超実用的アイテム。

その上、寺山さんは子どもができるまではこの3万円のお小遣いの中から妻へ記念日のプレゼント代も捻出していた。当時彼女がほしいと言っていたネックレスがちょうど、財布の中の全財産とぴったりだった。どうやって自分の所持金を調べたんだろうと不思議になるくらいだった。子どもができてからは、高価なものはやめて毎月1日の結婚記念日にケーキを買って帰っているという。

寺山さんは仕事をこなし、寂しがり屋の妻のためになるべく残業も避けて帰宅し、子どもの面倒も見る。生まれてすぐの頃は夜泣きもあった。深夜2時に赤子を抱っこして近所を散歩して、その間に細切れ睡眠しか取れていない妻を休ませた。

「噂には聞いていたけど、これがあの夜泣きか〜と思いました。そんな生活が1年ほど続きました。いや〜、世の中の男性、すごいなと。睡眠不足で翌日の仕事がきついんですよね……」

いや、夜泣きの世話をしていない男性のほうが多いはずと指摘すると一言、「うちはそれが許されないから」と言い放った。

完全に妻の尻に敷かれている印象を受けるが、妻が財布を握っているおかげで家を建てられたと寺山さんは語る。つい最近、家を建てたばかり。建設会社勤務という職業柄、自分で図面を描いて理想を詰め込んだ家が建ったため、快適に暮らしているという。同い年で既に家を購入していることにちょっとした衝撃を受けたが、たいていの場合住宅ローンは35年なので、若いうちに購入しておいたほうが老後は安心だ。結婚して子どももいて家も建てて、という、一昔前の多くの日本人が抱いていたであろう「理想の人生」に近いのではないか。

墓を守れ、血を絶やすな

二人目のサラリーマンは鈴木航平さん（仮名・33歳）。待ち合わせ場所に現れた鈴木さんはひょろっとしていて背が高く、清潔感のある男性だった。私と同じく未婚の一人っ子だという。優しそうな雰囲気なので、一見するとモテそうだ。しかし、この後彼から発せられる数々のエピソードに、私は目を白黒させることになる。

鈴木さんの地元は北関東。小さい頃から一人遊びをしており、きょうだいがほしいと思ったことはないという。そもそも「きょうだい」という感覚が分からないと。それは私も同じである。親とも違うし友達でもない。また、親からはやや過保護気味に育てられたそうだ。

鈴木さんは当初、地元の大学への進学を希望していた。親から「墓がある場所から離れないでほしい」と言われたのだという。突然出てきた墓という単語に少々面食らった。最近では墓の管理が大変だからと墓じまいをする家や散骨をする人も増えているというのに、なんだか逆浦島太郎になった気分だった。

しかし、第一志望の地元の大学は残念ながら不合格。滑り止めで受けた東京の大学へ進学した。彼は東京に憧れていたのかと思ったら、どうやら違い、地元にいたかったそうだ。

上京の日は両親も一緒に来て、不動産屋で手続きをして、最後に駅の側の中華料理屋で食事をして別れる際、泣きそうになってしまったという。臆病な性格のため、東京で一人でやっていけるのだろうかという不安があった。

幼い頃から一人で何かを作ることが好きだった鈴木さんは広告系の職を希望し、東京で就職した。地元で就職してほしいと親には言われたが、地元には鈴木さんが就職したいと思える会社はなかった。

鈴木さんに初めて彼女ができたのは26歳のとき。社会人になってから転勤で地方に住んでいた際に取引先の人からお見合いを勧められ、その人と付き合った。結婚を考えたこともあったが、彼女はずっとその地で暮らしたい、でも鈴木さんは将来的には地元に帰らないといけないため破局してしまった。

鈴木さんは現在33歳だが「一人っ子なので血を絶やしてはいけない」という思いから結婚願望はあるそうで、マッチングサイトで婚活中らしい。鈴木さん曰く、地元では「子は産んで当然」という意識がまだまだ根強いという。その話を聞いて、10年以上前に女性を「産む機械」に例えた内容の発言をして、多くの国民から批判を受けた元厚生労働大臣の柳澤伯夫氏を思い出してしまった。

前述した通りぱっと見、鈴木さんはモテそうな外見をしている。マッチョ体型が好きな女性もいるが、私も含め、痩せ型体型の男性を好む女性も多い。しかし、この体型のことでよく職場の男性たちから「もっと太れ」といじられるそうだ。幼少期からずっとこの痩せ型体型でいじられやすかったため、自信のなさにつながったのかもしれないとも語っていた。痩せ型体型克服のために筋トレやジムに通ったりする気はないのかと聞いてみるも、そのようなことをする気はないそうだ。

個人的には筋トレをして筋肉を見せつけている男性が苦手である。ほとんどの男性はコンプレックス克服のため、また一部の男性は女性にモテたいために筋トレをしているようだが（以前ナンパ師を取材した際、ほとんどのナンパ師が筋トレを日課にしていた）、鈴木さんからはそういった「モテたい欲」「自分を良く見せたい欲」が感じられなかった。

婚活男子の中には女性に求めるものが多過ぎたり理想の女性像が高い男性もいる。鈴木さんはどんな女性を求めているのか尋ねてみるも、「ほとんど経験がないので、正直求めるものも分からなくて……年齢差がプラスマイナス5歳までというところでしょうか」と、はっきりしない様子だ。しかし、彼の過去の経験から考えると、彼の地元に嫁げる女性でなければならないはずだ。

鈴木さんの祖父は地元のちょっとした有力者で顔が広く、帰省するたび、近所の人から「鈴木さんところのお孫さんだね。しっかりお母さんを守らないとね」などと声をかけられるという。父親を数年前、病気で亡くしてしまったので、余計そう言われるのだと思うと語る。

父親は鈴木さんが地元の市役所に就職してほしいあまり、コネを使って入院中の病室から市役所に電話をしようとしたこともあった。私の地元でも、公務員か地元の銀行員として就職するのが勝ち組とされていて、地元でそれらの職に就いた人は「親孝行だね」と言われる傾向にあるが、実際に鈴木さんの父親がそこまで市役所職員にこだわることに、田舎特有の体裁や見栄を感じた。

私は「一人っ子だからワガママなんでしょ？」と他人に言われるのが嫌だったが、鈴木さんは「一人っ子だからマイペースなんだね」「我が強いよね」と社会人になった今でも言われることが嫌だという。マイペース。確かにこの言葉は肯定的な響きではあるが、暗に悪意を込めて皮肉っぽく使われることもある。

墓の近くにいないといけないこと、親への罪悪感、血を絶やさないための結婚……。閉鎖的な息苦しさの中を鈴木さんは生きているように思えるが、おそらく彼や彼の地元の人たちにとってはそれが普通なのだ。鈴木さんと私には地方出身の一人っ子という共通点はあるものの、北関東独特の保守的な感覚には驚かずにはいられなかった、というのが正直な感想だ。

「鈍感力」が武器のエリートサラリーマン

最後に話を聞かせてくれたのは永田隆文さん（仮名・41歳）。東京に本社のある大手食品メーカーの営業職サラリーマンだ。就職氷河期世代だが高学歴ということもあり、新卒時は現職とは別の大手食品メーカーに営業職として就職した。

永田さんは現在、地方の支社に転勤中。最近の若者は転勤のない仕事を選びたがる傾向があるが、彼はザ・営業職のサラリーマンとでもいうのだろうか、気にしていない様子だ。しかし夫婦のお気に入りのエリアにせっかくマイホームを購入した直後に転勤が決まり、妻は大きなショックを受けていたそうだ。永田さん自身も「こんなに遠い所に飛ばされるとは思っていなかった」という。マイホームには半年だけ暮らし、今は人に貸して家賃収入を得ている。永田さんは普段帰宅時間が遅いため、土日に二人の子どもを遊びに連れていく程度で、家事や育児は妻に任せっぱなしだという。

永田さんは基本的に恋愛にはガツガツしたタイプ。中国に赴任したときは現地の女性と恋に落ち、本気で結婚しようと都心からバスで彼女の両親のいる田舎へ挨拶に行ったほどだ。しかし、田舎ではまだ反日教育が行われていたせいか、彼女の両親からは渋い顔をされ、結局破局した。そして日本に帰国後、飲み会で出会った顔がタイプの女性にアタックして34歳で結婚した。前出の寺山さんといい永田さんといい、結婚相手に選んだ女性は「顔がタイプ」の女性だ。やはり見た目が大事なのだろうか。この疑問に関して永田さんは飄々とこう答えた。

「というか、顔以外に何かあるんですか？　男性ってそんな感じだと思います。とりあえず顔から入る。別に美人かどうかの問題ではなく、自分のタイプかどうかです」

永田さんもお小遣い制で財布は妻が握っているというが、お小遣いは月4万円、プラス様々な手当がついているため実質8万円使える状況だ。結婚前、自己啓発セミナーやビジネススクールに通ってお金を使っていた。受講料は数カ月で10万円することもあった。そのような場に出向いて自分をアップデートするのが好きだったという。ガチガチの自己啓発セミナーに通った経験のある人の話を聞くのは初めてだが、もしかすると世の中にはこのようなセミナーに通ったり、自己啓発本を読み漁ったりしている人は案外多いのかもしれない。しかし、歳を重ねるにつれ「投資の割にリターンはあるのか？」という疑問が生まれセミナー通いをやめた。現在は趣味であるカフェ巡りをしたり好きな音楽ライブに足を運んだりしている。

永田さんはタバコも吸わない、ギャンブルもしない、お酒も強くないのでそんなに飲まない。結婚してからは物欲もなくなった。若い頃は少し良い腕時計やカバンを買ったり、長期休暇には海外に行って何十万円も使ったりすることもあったが、今はモノを買っても幸せを感じられないという。最近はファミリーキャンプのためのアウトドア用品を買う事が多い。目標は今流行りのソロキャンプをすることだ。永田さんはあるアウトドアブランドの用品がどうしてもほしく、妻に「これ買っていい？」と聞くも「そんな高いブランドじゃなくて安いのでいいじゃん」と言われてしまい、自腹で買ったという。

永田さんの話を聞いているとマイホームを買った途端転勤になったり結婚すると小遣い制になったりと、よく絶望せずに生きていられるなと思った。しかし、永田さんからはそんな悲惨さは伝わってこないどころか、サラリーマン人生を楽しんでいるとすら感じる。そこで、サラリーマンになってから一番つらかった経験を聞いてみた。彼はしばし考え込んだ後、次のように答えた。

「一番つらかったのは売上の大きなコンペで負けたことですね」

もっと理不尽な体験談が返ってくるかと思っていたのだが、真面目なサラリーマンの回答だった。正直、心の中で吉本新喜劇のようにずっこけた。朝夕のラッシュの時間帯、電車の中で暗い顔やつらそうな表情をしているサラリーマンは多い。しかし、みんながみんな胃の痛くなるような働き方をしているわけではないようだ。何より、永田さんはエリートサラリーマン。氷河期世代の勝ち組であり、行動力もある。そして、楽観的な性格も影響しているのだと感じた。

しかし、私の中で若干引っかかる部分があった。永田さんの武器は楽観的な性格というより「鈍感力」とも言い替えられそうだ。客観的に見ると、会社の命令に従い、家族からのプレッシャーもある既婚者サラリーマン。鈍感であること、向き合いたくない部分をわざわざ掘り起こさないことが、ある意味幸福感を得られるライフハックなのかもしれない。

16 新型コロナウイルス

「不要不急の外出」の素晴らしさ

2020年に入ってすぐ、中国の武漢で肺炎を引き起こすウイルスが流行しているというニュースが流れた。当時は隣の国の話で私には関係がないと思っていた。ところがその新型コロナウイルスはあっという間に日本にも上陸して、世界中で大流行した。4月には緊急事態宣言が発令された。

3月と4月に行われる予定だったタクトさんのライブも延期となり、ショックを受けた。ライブハウスで感染者が相次いで確認されたことから、メディアはライブハウスを悪者のように報じていた。恋したバンドマンたちとの思い出の詰まったライブハウスが次々と潰れていくのはつらかった。

コロナは私の仕事にも大きな影響を及ぼした。決まっていた講演会が全て中止に近い延期になったり、オンライン開催になったりした。4月に出版された書籍の出版記念イベントも1本できなくなってしまった。でもどうしてもイベントをやりたかったので、当時はまだ珍しかったZoomでイベント配信した。しかし目標の集客数に届かなかった。

一時的に執筆の仕事も少なくなった。これは収入に波のあるフリーランス特有の「谷」に落ちていただけなのか、コロナのせいなのかは分からない。数少ない仕事の取材や打ち合わせも4月〜6月はほとんどがリモートとなった。

一番つらかったのは人に会えない寂しさだ。元々インドア派なので、引きこもり生活はそこまで苦ではないと思っていたのだが、それは間違いだった。私の楽しみは不要不急の外出のもと成り立っていたのだ。コロナ以前の私は「今日飲みに行ける？」と友達を急に誘ったり誘われたりすることも多かった。ところが、自粛期間中はそういうわけにはいかない。

いつも友達と行くのは歌舞伎町のレモンサワーが１００円で飲めるやかましい大衆居酒屋。その後、良い感じに酔ったところで女性も入れる良心的な価格のゲイバーというコースだ。緊急事態宣言中、どうしても我慢できなくなって友人のＴちゃんと「不要不急の外出」として一度だけ飲みに出かけた。

緊急事態宣言中の歌舞伎町は閑散としていた。いつも行っていた飲み屋は休業中で、同じ系列の別の店に行くよう貼り紙がしてあったのでそちらに移動した。何か悪いことをしているような気分になりながらも、久しぶりの外出に高揚感がわく。時間が早いこともあり、店には誰も客がいなかった。４人席に通され、飛沫感染防止のため斜め向かいに座った。お通しとビールがやってきて乾杯。どこかで罪悪感を覚えながらも世間話に花を咲かせた。

私は控えめに飲んでいたが、Ｔちゃんはいつもの倍のペースで飲んでいた。相当ストレスがたまっていたようだ。好きなときに友人に声をかけてお酒を飲む。これが今までの日常だった。ところが今、それを堂々とはできない。緊急事態宣言中とは言え、だんだん店が混んできて、出る頃には満席になっていた。みんな、日常を求めてこの店にやって来ていたのだ。

緊急事態宣言が明けても世の中はすぐには変わらなかった。夜の街にだんだんと人が戻ってきたが、みんな遠慮がちに飲んでいる気がする。できるだけテラス席に座り、店を出たらマスクをつける。

感染者数は増え続け、7月の半ばには都内の感染者数が1日で300人を超える日もあった。私は暑い夏が苦手だ。そんな暑い中、マスクをしなければいけないことがかなりのストレスだった。マスクをつけている部分が汗でビショビショになり化粧もボロボロになる。気温37度の日には外出すること自体嫌になって、夜行性動物のように気温の下がった夕方から活動した。

ある日8月いっぱいで休園となるとしまえんに友達5人で遊びに行くことになった。緊急事態宣言中にこっそり歌舞伎町に飲みに行ったTちゃんも一緒だ。しかし、私はちょうどそのとき摂食障害の過食嘔吐がひどく、前日にドタキャンしてしまった。

すると、Tちゃんはみんなにお土産を用意していたくらい楽しみにしていたようで（後で他の子から聞いた）「桂ちゃんはいつもそうやってドタキャンをする」と怒られた。他の子からも「Tちゃんは、なかなか気軽に友達に会えないこのご時世にすごく楽しみにしていたんだろうし、桂ちゃんはすぐ体調崩すから、人に会う前は体調も整えておかないといけないよ」と言われた。なかなか人に会えないときだからこそ、ドタキャンは、信頼を失ってしまう。

先日、久しぶりに新宿二丁目の行きつけのゲイバーで朝まで飲んだ。都の要請で1カ月半ほど時短営業をしていたので、それが明けた記念だ。カウンターと席との間には飛沫感染防止のビニールカーテンがかけてあり、消毒も徹底している。カラオケの際はマスクをつけたまま歌う。

普段、バーであまりカラオケはしないが、この日はなんだか歌いたい気分で夜通し歌っていた。するとママが「桂ちゃんが歌うなんて珍しいわね」と言いながら、数週間前にあった私の誕生日を祝ってくれてボトルをサービスしてくれた。夜の街が大変なときなのにありがたかった。

コロナ太りとダイエット

きっかけは摂食障害だったが、ここ3年ほど体重42kgをキープしていたのが自分の誇りだった。友人たちからは「痩せ過ぎだから食え!」とご飯に連れて行かれ無理やり食べさせられそうになったが、私は食べずにお酒ばかり飲んでいたので太らなかった。代わりに友人たちがブクブクと太っていった。XSサイズの服や細身のデザインの服しか入らないことも私のアイデンティティとなっていた。

ところが、外出自粛期間中の4月のある日、なんとなく体重計に乗ってみたら、49㎏と表示されているではないか。これは一刻も早く、どうにかしないと私のメンタルは保たない。ＢＭＩ的には標準体重なのだが、摂食障害脳の私には許せない。思えば自粛期間中、やることがなさ過ぎてとりあえず食べていた。今まで食欲がなかったのに戻ってきた感覚がして、自分は健康になったのかと勘違いしていた。そして食べたらすぐ寝ていた。食べるものも、カップ麺やインスタント食品が多くなっていた。夕飯の後にポテトチップスも食べ、お酒もたくさん飲んでいた。食欲をコントロールできなくなり、拒食症から過食症に切り替わってしまったのだろう。

体重を戻すためにまず、朝食の菓子パンをやめた。ところが菓子パンをやめても全く体重が落ちない。今までは食事制限ですぐに落ちていたのに。そうか、取材や打ち合わせでの移動がカロリーを消費してくれていたのだ。

体重が落ちない焦りはすぐに摂食障害として表れた。嘔吐が始まったのだ。食べてしまっても吐いてしまえばカロリーはゼロだ。最初は指を突っ込んで無理やり吐いていたが、どんどん吐き方をマスターしていき、最終的には腹筋の力だけで吐けるようになった。吐瀉物と共に涙と鼻水も止まらない。毎日のように嘔吐する日々が始まり、気が向いたときに行うトイレ掃除のとき、引くほど便座の裏が汚れていてびっくりした。黒く変色した吐瀉物があちこちに飛び散っていた。しかし、毎日吐いているのに体重は48kgで止まったままだ。

そのとき、知人がダイエットアプリを使っていて痩せたと聞いたので、私もダウンロードしてみた。このアプリで10kg以上痩せた人もいる。そのアプリは食べたものを入力すると自動的にカロリー計算をしてくれて、体重もレコーディングできる。これは優れものだと思い毎日入力し、食べるものにも気をつけた。食事制限だけでは痩せないと思い、軽い筋トレと、有酸素運動（踏み台昇降運動）か晴れている日は40分のウォーキングをし、プロテインも飲み始めた。

そんな日々を2カ月続けたが、一向に47kg台後半から落ちない。そのあとの3kgがなかなか落ちない。せめて自分的許容範囲である45kgになりたい。太った自分は醜い。取材などで写真を撮られるときも、少し自信がなくなった。笑った私の顔はまんまるでまんじゅうのようだった。

ひょっとしてこのアプリは肥満体型の人が使うと効果が出やすいもので、私のように標準体重から美容体重を目指す人には向いていないのではないか。実際に効果が出た知人たちは皆、肥満体型からのスタートだった。私はアプリをアンインストールした。

そこからは自分なりのダイエットをしようと決めた。食事の内容はあまり気にせず量を減らす。プロテインはやめる。運動は続ける。お酒はなるべく控える。体重のレコーディングはしない。そう決めてから2日、体重が47・9kgから47・1kgに落ちた。さらに2日間のファスティングを行ったら46・5kgまで落ちた。

心療内科で「太っていることがストレスだ」と言ったら、代謝を上げる漢方を処方してくれた。主治医も「自粛で太った人は多い」と言っていたし、リモートワークになって10kg以上太った友人もいた。

しかし、思い返してみると今から5、6年前の体重は47kgで、当時の私はそのことに対して特にコンプレックスを抱いていなかった。だからと言って特別自信があるわけでもなく、ただ早くライターとして成功したいと願い、ひたすら仕事をこなしていた。

彼氏がいた時期も体重を気にしていなかった。私は47kgでも愛されていたからだ。しかし、モラハラ男ヨウヘイ氏と不毛な関係を続けていた頃に、ストレスで摂食障害の拒食症を引き起こしてしまい、あっという間に体重が落ちた。その時に「私は痩せていないと愛されない」と脳が錯覚してしまったのだ。痩せるためなら病むことも必要なのか？　だったらもう一度苦しい思いをしてでも痩せたい、と思ってしまった。

まだタクトさんに会えていた時期、痩せ細った私を見て「儚げで抱きしめたくなった」と彼は言った。私は儚げでないと愛されないのかもしれない。彼にも太ってしまったことをＬＩＮＥで報告したが「太っても桂さんは桂さんですよ」と言ってくれた。それでも私は彼が傍げだと言ってくれた自分に戻りたい。

　摂食障害は拒食症の後に過食症に移行することも多い障害だ。今回は健康的に痩せなければ。それか、46kgでも許せる自分になりたい。摂食障害は「痩せたい」「でも標準体重でいたい」という思いがぶつかり合う、心の病だ。治療薬などはない。

　私のダイエットはまだこれからだ。この本が出版される頃にはせめて45kgになっていてほしい。45kgの私ならば、もう少し自信を持って笑える。一日中体重のことばかり考える日から早く解放されたい。

　痩せたら下腹に彼岸花のタトゥーを入れたいと思っている。彼岸花の花言葉は「情熱」「独立」「再開」「あきらめ」「転生」「悲しい思い出」「思うはあなた一人」「また会う日を楽しみに」だ。彼岸花は墓場に咲くことが多いので、不吉な花と言われることもある。花言葉としては暗い面もあるが、悪くはない。10年前、別の箇所に猫とキツネノカミソリ（ヒガンバナ科の珍しい植物。彫師さんからも初めて彫る植物だと言われた）を入れているので痛みは分かるし、その後の社会生活の不便さも承知している。

　そのためにも、今日も私は踏み台昇降運動に精を出すのだ。

17 アルコール依存症

こうして人はアルコール依存症になる

2020年9月、元TOKIOの山口達也氏が飲酒運転で現行犯逮捕された。山口氏は2018年にも酒に酔って女子高生にキスをした疑いで書類送検されており、アルコール依存症なのではないかと一部でささやかれている。

アルコール依存症とは一体どんな病なのか。著書に『しくじらない飲み方　酒に逃げずに生きるには』（集英社）のある精神保健福祉士の斉藤章佳さんは依存症の定義に、何らかの物質を体内に入れることによる物質依存、ギャンブルやリストカットなどある行為自体やそのプロセスに耽溺してしまう行為・プロセス依存、恋愛や親と子の密着した関係に依存する関係依存の三つがあると述べている。アルコール依存症の場合、物質依存にあたる。そして、酔って記憶をなくす、喧嘩をする、失くしものをするなど問題飲酒を繰り返している場合、飲んだ量に限らずアルコール依存症と言えるのだという。

お酒が好きだ。毎晩の晩酌は欠かさない。でも私はアルコール依存症ではなかった。楽しく飲んでいたからだ。心療内科の主治医からは「薬との相性が悪いのでお酒は控えるように」と言われていたが気にせずに飲んでいたし、特に問題はなかった。

ところが、コロナ禍で飲み方が変わってしまった。取材や打ち合わせがリモートになったため、移動時間が減った。それにより仕事全体の所要時間も減って、仕事が夕方前に終わる日もあった。暇だ。そうだ、お酒でも飲もう。そうして私は早い日だと15時あたりから飲み始めることもあった。人に会えない寂しさをお酒で埋めていた。

最初は５００㎖の缶ビールだったが、飲んでいる時間が長いのですぐに何本も飲み終えてしまう。そして私は次第にコスパを優先するようになる。缶ビールだとすぐ飲んでしまうので、ウィスキーの瓶と炭酸水を買って自作ハイボールを作るようになった。しかし、それもあっという間になくなった。そしてついに、開けてはいけない扉を開いた。4ℓの焼酎のペットボトルを購入し、ジャスミンティーで割るようになったのだ。どう見ても業務用サイズの焼酎だ。酔っ払った状態でツイキャスを配信していたが、ひたすら「アル中」と繰り返すリスナーがいたこともあって、それが嫌でやめた。

夕方前から飲み始めると夕飯時にはほろ酔い気分、就寝時には千鳥足だ。もはや味などどうでもいい。飲んでいる時間は約7時間。コロナ前まではおいしく楽しく飲んでいたお酒が、酔って虚しさを忘れる飲み方に変わってしまったのだ。今まで楽しくておいしかったはずのお酒なのに、飲めば飲むほど寂しさが増す。一時的に仕事が減ってしまった不安もあった。家族や恋人と暮らしている人がひどく羨ましく感じる。でも、どれだけ飲んだって私に恋人ができるわけでもなければ、新たな仕事が舞い込んでくるわけでもない。とにかく虚しくてつらくて悲しかった。

ついにある日、私は失態を犯す。朝、ゴミ出しをしようとしてゴミ箱をのぞくと、既に空っぽで新しいゴミ袋がセットされていた。どうやら私は記憶をなくしたまま夜中にゴミを出していたようなのだ。記憶をなくしてしまうことをブラックアウトと呼ぶ。これはさすがにヤバいと思い、主治医に相談したら、精神薬と大量の酒を飲んだことによることが原因だと分かった。この行為は最悪の場合、命を落とすこともある。

アディクションの反対はコネクション

主治医に「アルコール依存症の可能性がある」と言われ、ようやく私はお酒を控える気になった。そして、自力で1週間禁酒をした。アルコールの代わりにノンアルコールビールを大量に購入し、最初の頃はどのメーカーのものが一番ビールに近いか飲み比べをしていた。禁酒1日目、「ノンアルコールビール、意外とイケるじゃん！」と思った。しかし、大量に飲むので気持ちが悪くなって吐いてしまった。2日目も吐きながらクリア。3日目がキツかった。テレビでお酒のCMが流れるのがつらい。コンビニでお酒の棚を見ないよう目を背けた。離脱症状の一種であるうつ状態にも襲われた。つらい、寂しい、死にたい。そしてまた吐いた。

吐きながらもなんとか7日間の禁酒をやり遂げた。8日目には350㎖缶のビールを1本だけ飲んだ。喉ごしが良く、とてもおいしかった。久しぶりにおいしいお酒だった。この瞬間、自分は酔うためのお酒ではなく、おいしいお酒が好きなのだと実感した。そこから数日間はノンアルコール飲料とアルコールを半々で飲み、アルコールは350㎖缶2本までという制限を設けた。500㎖缶を飲むのもやめた。

今まで、アルコール依存症の治療は二度とお酒を飲まない断酒しかないと思っていたが、

『しくじらない飲み方　酒に逃げずに生きるには』を読んで、やめずに減らす「減酒」という方法があると知った。問題飲酒を繰り返している人が目指すのは断酒だが、私は楽しいお酒をやめたくなかったので減酒を選んだ。

今の日本ではアルコール依存症に対して「だらしない性格の人」といった「アル中イメージ」があるせいでカミングアウトできず、問題が深刻化して死に至ってしまうケースがあるという。それを踏まえた予防医学的な観点から生まれたのが減酒外来だとのことだった。しかし、一番の治療法は断酒であることを忘れてはいけない。また、私が自力で禁酒しているときに毎日吐いていたのは、禁酒の反動で摂食障害がひどくなるケースだったのではないか、とも斎藤さんに指摘された。

心療内科では正式に飲酒量低減薬を処方された。これを夕飯前に飲むと、飲酒をしても酩酊感がなくなり自然と飲む量が減るとのことだった。1日目、この薬を夕飯前に服用して飲酒してみたところ、いつもと変わらない気がしたが、何となくお酒に飽きた気がした。ところが私の場合、この薬を飲むと気持ちが悪くなって吐いてしまった。私には副作用が強く、服用をすぐにやめてしまった。

以前、斎藤さんと摂食障害についてのオンライン対談イベントを行った際、視聴者から「私がお酒をやめたのは飽きたからです」というコメントが寄せられた。私も酔うためだけの楽しくないお酒に飽きていた。そして、今まで重度の薬物依存症患者の臨床に携わってきた斎藤さんも、とある患者がドラッグを止めた理由の中に「飽きた」という言葉があったという。エビデンスはないが、嗜癖問題を突き詰めていくと、依存していたものそのものに飽きる、という現象が起こりうるのかもしれない。

依存症の臨床現場で度々言われるのが「アディクションの反対はコネクション」。私はアルコールに頼ることをやめ、積極的にSkypeやZoom、電話で友人と他愛のない会話をすることにした。6月に入って、対策を取りながらも対面取材や打ち合わせが少しずつ緩和されたときはうれしかった。人に会うことでこんなにも元気ややる気をもらえるのだ。

今、私は相変わらず減酒中だ。今後寒くなるにつれてコロナ第三波がやってくるかもしれない。そのとき、また問題飲酒に走らないよう、オンラインでもいいので人との繋がりを保っていたい。そして、コロナが収束したら以前のように何も気にせず、外でみんなと思いっきり飲みたい。

18 婚活

上から目線のメッセージにイラッ

私がライターを始めた2013年頃、婚活ブームだったように思う。当時、婚活のムック本の記事を執筆したり、街コンを主催する会社から街コン潜入記事を書くよう依頼されたこともあった。街コンは潜入取材する側と、参加している人に取材する側、どちらも体験したが、決して楽しいとは思えなかった。全く盛り上がっていない卓もあり、そんな卓の男性たちは街コン運営スタッフの女性にナンパを始めるという最低の光景も目撃した。終了後には運営スタッフの女性たちが「今日は○人からナンパされた」などと楽しそうに話しており、闇を感じた。

モテ系の記事の依頼もこの頃多く、恋愛コラムサイトが乱立した時期でもあった。そして、モテ系の記事には元キャバ嬢をウリにしたライターが多かった。「元No.1キャバ嬢が教える！　男を落とすテクニック三つ」といったタイトルの記事が量産されていた。しかし、２０１６年あたりから元キャバ嬢を肩書にするライターが激減した。もう需要がなくなったのだろう。とにかく２０１３〜２０１５年頃は恋愛や婚活に関する記事をよく書いていたが、私自身は彼氏がいた時期だったので、どこか上の空で書いていた。

ある日Twitterを見ていたら、実業家のハヤカワ五味さんが「マッチングアプリで彼氏ができたからみんな、マッチングアプリを気楽に使おう」といった内容のツイートをしていた。恋愛は自分から動かないとダメなのだ。しかし元彼と別れた27歳の頃、マッチングアプリで婚活にチャレンジしたものの、良い思い出がない。

初めてマッチングアプリで会った人が選んだ店は、麻布十番の一人３万円もする店だった。しかもマッチング相手は新卒で社会人になったばかりの若い年下の男の子。なぜ高級店なのか訳を聞くと、元々グルメ巡りが趣味で、この店も３カ月先しか予約が取れない店だったそうで、半年前にグルメ仲間の友人と予約を入れていたらしい。しかし、その友人が地方に転勤になってしまい、一緒に行ける相手を探していたという。

当時の私はライター駆け出しで、とてもじゃないが３万円なんて払えなかった。お会計のときどうしようか迷っていたら、まだ23歳の彼はカードで６万円支払った。東京23区内のちょっとボロいアパートの家賃並みの値段である。さすがに年下にそんな高額をおごられるのは悪いと思い、帰り道に1万円だけ彼の手に握らせて別れた。

次にマッチングしたのは明らかに身体目当てのヤリモク男だった。他にも「この人イケメンだな」と思って顔で選んだらマイルドヤンキーで、話が全く合わなかったことも。だいたい、マッチングアプリはたくさんの男性から「いいね」が来過ぎてパニックになり、挙げ句の果てには「なんでこんな見ず知らずの人とメッセージの交換をして時間を割かれなければいけないんだ！」と苛ついてしまう。

大学時代の友人に、マッチングサイトで婚活をして無事結婚をしたH子ちゃんがいる。彼女は「婚活は男の人との面接会のようで本当にしんどかった」と語った。毎週土日はアプリで出会った男性と食事をして2、3時間過ごす。あまりタイプではない場合は、この時間がとてつもなくつらかったという。食事後は「次のステージへ進ませていただきます」「次も会ってみてもいいと思いました」といった上から目線のメッセージが来ることもあり、イラッとしてブロックしたこともあるそうだ。

彼女は実際に4人の男性と会って、そのうちの一人と結婚した。選んだ決め手は「真面目で几帳面そうだったから」だそうだ。しかしH子ちゃんが婚活をしたのは2年前。婚活市場もその頃と状況が変わってきているのではないか。そこで、同い年で最近婚活をした二人の女性に話を聞いてみた。

一人目はキヨミさん(仮名)。最初は街コン、次に地方自治体主催の婚活相談所、そして最後は会員制の結婚相談所を利用して結婚したという。街コンでは、よくカップリング成立して交際までは進んでも、その後が上手くいかなかった。地方自治体の婚活は成婚率が高いと聞いていたが、相手探しをするのに地方自治体の施設のパソコンからでないと申し込みができないこと、上限3人までしか申し込みができないことからすぐに利用を止めてしまった。

そして、結婚相談所だが、入会金が3万円、月の利用料が6000円、成婚退会する際に20万円もかかったが、相手を見つけるまでの活動期間は2カ月ほど。こんなにお金をかけてまでキヨミさんが結婚したかったのは、周りで結婚ラッシュがあったのと、既婚者の多い職場に転職したことがきっかけだ。「相談所はお金はかかりますが、その分相手の身分が保証されているし、結婚に真剣な人が多いです」とのことだった。

二人目の婚活経験者のミワさん(仮名)は、親はお見合い、きょうだいは結婚相談所で結婚をしたという婚活のサラブレッド。これまでマッチングアプリ、結婚相談所、婚活パーティー、知人の紹介、親戚の紹介によるお見合いを経験してきた。しかし、妥協しない限り付き合えないような人ばかりで、「触られても大丈夫な相手」に未だ出会えていない。「触られても大丈夫な相手」とは、生理的な問題だろう。私も過去に婚活をした際、「もしこの人と付き合うことになったらセックスしなきゃいけないんだよな、無理だ……」と思ったことが何度もある。ミワさんの理想の男性はどんな人なのだろうか。

「昔は中性的な芸術家肌の人が好きだったのですが、今結婚したいのは穏やかでしっかりとした稼ぎがあり、話し合いができる人です。あとは、私は自己肯定感が低いので、しっかりと気持ちを伝えてくれる人がいいです」

ミワさんが結婚したい理由は理想の男性像の「稼ぎがある」という条件から分かるよう、余裕のある暮らしをして好きな家事をしながらパートで働きたいからだという。ちなみにマッチングアプリは「既婚者が混ざり過ぎ」、結婚相談所は「クセのある人が多過ぎ」、お見合いはほぼ強制で、婚活は今のところ上手くいっていない。実はミワさんとの出会いは6年ほど前、ネコのいる居酒屋で開催されたネコ好きのための婚活パーティーだった。そのときのパーティーは男性参加者が少なく、主催者が慌てて男性をかき集めたらしく、ネコ好きでない男性も混じっており全く盛り上がらなかったのを覚えている。それからずっと婚活を続けているミワさん。いつか吉報が届くことを願っている。

「彼氏ほしい」は「仕事がつらい」の類義語

2019年、私の懐は『発達障害グレーゾーン』の大ヒットにより潤っていた。ほぼ毎月重版していた上、実売部数ではなく、刷り部数で印税が入ってくる契約だったのだ。それに加え、週刊誌の記者仕事、講演会の仕事も毎月のようにこなしていたため、アラサー女性の平均収入の倍以上の金額を毎月得ていた。

しかし、2020年はその書籍での実績がメリットとデメリット、両方を呼び寄せることになった。まず、依頼される仕事の質が変わった。今までは単発の取材記事や記者仕事が多かったのが、書籍の執筆依頼が増えた。書籍は単行本の場合、書くのに最低半年は時間を費やす上、契約によっては発売から数カ月経たないと印税が入らなかったり、実売印税の場合もある。要するに、書籍は着手から入金までタイムラグが発生するのだ。知り合いの作家はその入金ラグの間にキャバクラで日銭を稼いでいたが、今の時期、夜の店に出るのはコロナ罹患のリスクが伴う（しかもその人はマスクをしないで接客しているという）。

2020年は実売契約の書籍を1冊しか出していない。そしてこのタイミングで2本も連載が終わってしまい、定期収入を失った。その上、これは私の力不足なのか日頃の行いが悪いのか（人にはTwitterに洗いざらいなんでも書き過ぎると言われる）、原稿料の良い記者仕事の数も減ってしまったのだ。2020年の私の売上は前年と比べ、4分の1近くまで減少。改めて計算すると、なんと会社員の頃の年収よりも減っていることに気づいた。まさにド貧困女子の状態だ。しかし書籍を発売する予定が複数あるため、2021年になればまた変わってくると思う。フリーランスの収入線グラフはまるでジェットコースター状態だ。

コロナの影響で中止になってしまった講演会仕事もあったので、収入減少はコロナも原因の一つとして、持続化給付金と家賃補助の手続きを税理士さんにしてもらった。そのおかげで、なんとか毎月9万3000円の家賃を払い続けることができている。一方、コロナの影響で、公私ともに飲み会や会食が減った。できるだけ外出を控えているせいもあり、衝動買いも減ったため、交際費や無駄な買い物の出費は減っている。

しかし、ネット番組の出演や雑誌などのメディア出演が増えたため、周りからは稼いでいる人、売れっ子ライターだと思われているようだ。そこがしんどいところでもある。お金がないと、全ての余裕がなくなってしまう。

そういう経緯もあり、私の精神状態は限界を迎え、そしてマッチングアプリに登録した。ライターのトイアンナさんがとある記事で「女性にとって『彼氏ほしい』は『仕事がつらい』の類義語です」と書いていて、まさに今の私だと思った。そして「仕事を辞めたくて婚活を始める女性は、動機が不純なので苦戦しがち」とも書いてあった。そういえば婚活に苦戦中のミワさんも、パートで暮らしたいから結婚をしたいと言っていた。

久しぶりに再登録したマッチングアプリ。前回使ったのは27歳のときだった。よく、婚活市場では女性は30歳の壁があるという。30歳を境にマッチングしにくくなるというものだ。男性は若い女性を好むのだ。

その30歳の壁のとおり、20代の頃は一瞬で多くの男性から「いいね」が来ていたのに、33歳の私はまるで客が少ない場末のスナックの扉のように「いいね」の扉の鈴が鳴らない。たまに「いいね」が来ても全くタイプでない人だ。「いいね」が来なくなった理由は、27歳の頃と違い、私がカラフルな髪色の写真をプロフィールの画像に使っていたせいもあると思う。男性ウケは悪いはずだ。

それでも一人だけマッチングした。相手は音楽関係の仕事をしている人で、バンギャルの私は話が合うかもしれないと思ったのだ。しかし、実際メッセージのやり取りをしてみると全く話が噛み合わない。アニメの音楽にも携わっていて仕事のためにアニメは一通り見ているというので、私が大好きな『鬼滅の刃』と『ひぐらしのなく頃に』の話題を振ったが、どちらも見ていないとのことだった。ひぐらしはさておき、こんなに社会現象となっている鬼滅を見ていないだと⁉　私のキメハラが爆発してしまった。

そして私はマッチングアプリを、わずか3日間で退会してしまった。退会した理由を一言で表すと、たくさんの男の人のプロフィールを見るのが気持ち悪くなってしまったのだ。

公開恋人募集したり、セフレにされたり

彼氏が6年もいない33歳独身女。コロナのせいで仕事の売上は昨年の半分以下にまで落ちてしまったが（昨年かなり稼いだというのもあるが）今後の出版の予定もあるため、そこそこ仕事は順調だ。私は恋愛さえ上手くいけば、もう文句なしの生活をしていると言える。なんでみんなきちんと恋愛できているのか疑問で仕方がない。なぜ私だけ上手くいかないのか。恋愛にかけるエネルギーが、私もほしい。私が自分から好きになる人とは、ことごとく上手くいかない。そして、ボロボロに傷ついて終わる。

この本を書き終えても、もう2冊出す予定がある。片思いのバンドマンのタクトさんは「仕事が落ち着いたら会いましょう」ともう2年近く、何十回も言っていた。でも、彼は落ち着く気配がない。お前の言う「落ち着く」とはどういう意味なんだ⁉　私も今、仕事が落ち着いたら婚活をしたいと思っているが、なかなか落ち着かない。私は、仕事と恋愛を両立できないのだ。

こうなったら、自分の体力と相談しながら、今まで良い所を見落としていた身近な男性がいないかどうか、探すしかない。でも、友達としては良いけど、恋人としては考えられない人が多いのだ。マッチングアプリにもまた登録してもいいが、これは本当に自分の気持ちに余裕がないと無理だろう。

そう言えば2020年に入ってすぐ、noteで公開恋人募集をした。数件応募が来たが、全員発達障害当事者だった。発達障害の人を差別しているわけではないが、それを前面に押し出してきて「自分のことを理解してほしい」と訴えている人ばかりで、引いてしまった。また、募集条件の中で「収入は気にしない」と書いたところ、生活保護を受けている人からの応募もあった。一応条件には「きちんと働いている人」とも書いたのだが……。

応募者のうち一人と会ったが、10歳も年下だったため、価値観が全く合わなかった。彼は今どきの若者っぽく、一部ではあまり評判の良くない、とあるインフルエンサーの言葉に感銘を受けていた。この界隈のインフルエンサーにあまり良い印象を抱いていないので自分と合わないと思ってしまったが、多くの人はそんな小さなことでシャットアウトしていないのだろう。私はどうしても欠点に目が行ってしまう。そうこうしているうちにコロナが猛威をふるい始めたので、むしろ良いタイミングだと思って会わなくなった。

昨年、タクトさんと同じ地方に住んでおり、たまに仕事で東京に来ている知人男性のユウキさんにタクトさんのことを相談したら「彼がどんなところに住んでいるか知っていた方がいいから一度一泊で遊びにおいでよ。案内するよ」と言われた。私は男性の前でも平気で性の話をする。あまりにも彼氏がいなくて寂しいので女性向け風俗を利用しようか迷っている、という話をユウキさんにしたこともある。そのせいか「僕で良ければ相手をするよ」と言ってきたのだ。一泊で遊びに行くとはそういうこともする前提だ。でも、嫌なら拒否すればいいと思った。

ユウキさんに連れられて、同じ地方に住むタクトさんの地元をクルマで案内してもらい、鍾乳洞や寺院、海辺など、ちょっとした観光もした。そして夜はラブホテルに泊まった。海辺を歩いたこともあり、靴下の中には砂が入り、身体も潮風で少しベタついていたため、シャワーを浴びた。ギリギリまで私は悩んだ。そして彼を受け入れた。その後しばらくはユウキさんとセフレの関係になってしまった。ところがしばらくしてユウキさんに彼女ができ、私との身体の関係は終わりになった。

そのことを先日、プロインタビュアーの吉田豪さんにインタビューされたときに「バンドマンとは上手く行きやすいのに一般男性となるとセフレにされてしまう」と自虐混じりに話したら、それが記事になった。原稿の事前チェックはしていたものの、いざ世にこの記事が出てしまってからは「セフレにされる」とユウキさんを加害者のように仕立て上げてしまったことが申し訳なくて、ユウキさんに謝った。するとそれは雑誌のアレンジの範囲だし気にしていない、とのことだった。

そして「セックスはコミュニケーションとして単純に気持ちが良いという意味でも満たされる部分は多いから、お互いが納得できていればセフレの関係は全く悪いと思わないし、そういう関係がつらいならやめればいいから、あまり重く考えなくて大丈夫」と返信がきた。そうじゃない。私はいい加減、好きな人とセックスをしたい、好きな人とコミュニケーションを取りたい、好きな人と恋愛してイチャコラしたいのだ。

33歳の目標は彼氏を作ることだ。できることならその延長線上に結婚があると良い。もう私は一人で生きていくことに疲れきってしまった。でも、結婚したら結婚したでまた悩みが尽きないのだとも思う。可能ならば事実婚がいい。そして、私の仕事の邪魔にならない、タクトさんのように優しい人がいい。というかできればタクトさんがいい。ただ、それは現実的でないことは分かっている。

19

発達障害

「生きづらさ」に名前がついた

30歳の頃、自分が発達障害であることが判明した。私は発達障害でずっと生きづらい思いをしていたのだ。それまでの私の生きづらさに名前がついたようでホッとした反面、数日間は「障害」という言葉がショックだった。しかし今は「自分はこういう性質なのだ」と受け入れ、「だからこそ過集中で原稿が書けるのだ」とポジティブに捉えている。

発達障害とは簡単に言うと、得意なことと苦手なことの差が大きい特徴を持つ障害だ。主に不注意や衝動的な言動の多いＡＤＨＤ（注意欠陥多動性障害）、コミュニケーションに難があったり独特なこだわりやルーティンを好むＡＳＤ（自閉スペクトラム症）、知能に問題がないにもかかわらず読み書きや計算が難しいＬＤ（学習障害）の三つがある。

その中で私は算数ＬＤと不注意傾向のＡＤＨＤが顕著に表れていた。そのため私には事務職は厳しかったが、取材をして原稿を書く、言語理解能力は優れていた。発達障害の特性を持つ人は一見ポンコツに見えても、適材適所に配置すると驚くほど能力を発揮する場合がある。それは接客業であったりシステムエンジニアであったり人それぞれだ。それが私の場合ライターという仕事だったのだ。しかし、事務的な経理作業は相変わらず苦手なため、経理関連は税理士さんにお任せしている。私がフリーライターになったのはある意味必然で、それしか働く方法がなかったのだ。

発達障害でつらいのは二次障害だ。元々は二次障害の不眠で病院へ行き、ついでに発達障害の検査をしてもらったら見事にクロだったのだ。今の私には双極性障害II型と摂食障害がある。

双極性障害はその昔、躁うつ病と呼ばれており、うつ状態と躁状態を繰り返す病気だ。双極性障害にはI型とII型があり、I型の方がうつ状態と躁状態の差が激しく「ジェットコースターのようだ」と例える人もいる。

一方II型のほうは差が少ないので一見うつ病と間違えられがちだ。しかし、躁状態のテンションのときにあれやこれやアイデアを思いついてなんでもやり過ぎてしまったり、後先考えずにお金を使ってしまうので、後から疲れがどっと来たり、借金を作ってしまったりする人もいる。だから、調子が良いときほどエネルギーを使い過ぎないようにと主治医に言われている。逆にうつ状態のときは、昼過ぎまで布団から出られないことがあったり10時間以上眠ってしまうこともある。ちょっとしたきっかけで「もう自分はダメだ」と希死念慮に襲われることもある。これはもう、薬で調整するしかない。

何よりつらいのが摂食障害だ。痩せていないと自分を好きになれない。

私は昔からぽっちゃり体型で父や同級生からデブとからかわれていた。痩せようと頑張ったこともあったが上手くいかなかった。一時期は過食症のように食べ物を詰め込んでいた。しかし就活が引き金となって拒食症の症状が表れ、突然痩せた。とても気持ちが良くて、みんなに私の痩せた姿を見てもらいたかった。

ところが先にも述べたが、コロナによる自粛太りのため体重が42kgから一時は49kgにまで増えてしまった。鏡に写ったぽっちゃり体型が嫌で、食べた後嘔吐することもある。嘔吐しているときは苦しいのに気持ちが良い。これはリストカットするときの心境にもよく似ている。吐いた後はスッキリするし、食べたことがなかったことになる。ＢＭＩで言うと今は標準体重なのだが、私が目指すのは華奢で痩せ過ぎの女性だ。そんな女性が愛されるような錯覚に陥っている（実際はそうではないことは分かっている）私は「愛されたい病」なのかもしれない。でも、自分を好きになるためにも、早く体重を戻したい。

自立支援医療制度は「選挙権がなくなる」？

2008年の秋、世をリーマンショックが襲った。私は当時大学3年生で、ちょうど就活を始めた頃だった。大学時代、心のどこかで書く仕事がしたいと思っていた私は小さな出版社でバイトをしていた。ところが、仕事がハード過ぎて校了前は何日も帰れず、女性社員は身体を壊し、男性社員は精神を壊して辞めていくのを目の当たりにして、とてもじゃないけれど私にこの仕事はできないと思い、出版社は一社も受けなかった（バイトはきちんと時間が決まっていて労働環境には恵まれていたし、出版のいろはを学べたのは今につながっている）。

何よりバンギャル活動を優先したかった私は、9時—17時で帰れて残業の少ない一般職や事務職を中心に就活を始めた。特にやりたい仕事はなかったので、志望動機やエントリーシートを書くのに一苦労した。また、数学が全くダメなため、SPIはどんなに勉強しても数学だけ解けなかった。大手企業はほとんどが入社試験にSPIを取り入れている。そこで私は大手企業を諦め、SPIのない会社を狙い始めた。

私は嘘をついたり自分を実物以上に良く見せかけることが苦手だ。だから就活は苦行だった。最初に受けた企業はあっという間に最終選考まで進んだ。なんだ、就活って意外とちょろいじゃないか。そう思った矢先、最終選考で落とされた。自信満々だったのでショックは大きく、しばらく立ち直れなかった。その直後にリーマンショックがやって来て、どの企業も書類審査で落とされ面接にすらたどり着けない日々が始まった。

就活は心を削られる。なんたって、お祈りメールを開く瞬間に「自分はこの世から必要とされていない」と思い知らされてしまうのだから。私はどの企業からも必要とされていない。そう思うと涙が溢れてきて、食欲が一気に失せて常に微熱が出ていた。お菓子と発泡酒だけは口にすることができたので、毎日「たべっ子どうぶつ」というクッキー1箱を一日の食事にしていたら1カ月で10kg痩せて、就活用のスーツはガバガバになった。今思うとこれは第一次摂食障害だった（10年後に第二次摂食障害を起こす）。

現実逃避して就活を中断したが、何もしていないことに焦燥感がつのり、涙が溢れてくる。バイト先の出版社のトイレから心療内科に電話して初診の予約を入れた。

心療内科では抑うつ状態だと診断された。しかし今となっては根幹には発達障害があり、その二次障害の抑うつ状態だったと思われる。当時はまだ発達障害について認知が進んでいなかったため、私はこのときちょっとした誤診をされたことになる。

調剤薬局で安定剤と抗うつ薬、睡眠導入剤を処方された私は「メンヘラ」の太鼓判を押され、晴れてメンヘラデビューした。しかし、薬を飲んでも効いているのかどうかよく分からない。ガリガリの身体で毎日「たべっ子どうぶつ」を食べ、発泡酒で精神薬を流し込んでいた。

当時は学生だったので親の扶養の保険証を使って通院していた。ということは、医療費と通院歴の通知書が親のもとへ届く。2週間に一度心療内科に通っていたので、医療費はかなりの額になっていた。その通知書を見た父は「桂は病気なんかじゃない」と私の生きづらさを否定した。

精神疾患の医療費は自立支援医療制度を受ければかなり負担が減る。主治医に診断書を書いてもらい、役所に提出するだけという非常に簡単な手続きで済む。私も当時の主治医に勧められて自立支援医療制度を受けようと、5000円ほど出して診断書を書いてもらった。

自立支援医療制度を受ければ安くなることを母に知らせると、「そんな制度を受けると選挙権がなくなったり人権がなくなったり、生きていく上で不利になる」と大反対された。もちろんそんなことは一切ない。ところが当時の私は親の言うことは絶対だったので、自立支援医療制度を受けることができなかった。それを主治医に話すと「そんな人権が剥奪されるようなこと、あるわけがない」と鼻で笑われた。私はこのときもまだ親に言われるがままにしか動けなかったのだ。

ちなみに現在は発達障害と双極性障害、摂食障害の治療に自立支援医療制度を利用させていただいている。医療費も薬代もがくんと負担が減ってありがたい限りである。当たり前だが選挙権だってある。この自立支援医療制度について知らない精神疾患の方は意外と多いので、もっと認知されてほしい。申請して不利になることなんて一つもないのだから。

緑色の手帳

2年ほど前に自立支援制度を申請した際、主治医に報告すると「そのとき精神障害者保健福祉手帳のことは役所の人から言われませんでしたか？」と聞かれた。確かに聞かれたが、そのときの私は私程度の生きづらさで手帳なんぞ必要ないだろうと思い、手帳の申請を断ったのであった。そう、たしかに当時は何も困っていなかった。

ところが2020年の秋、私はうつの波に飲まれることになる。コロナ禍で人になかなか会えない、仕事が急に暇になって収入が著しく落ちた、タクトさんにも会えない。外出自粛のせいもあり、ベッドとパソコンデスクの間を行き来することが多くなった。私の精神状態は最悪だったが、友人の漫画家・渡辺河童さんとSkypeで長話をして気を紛らわせることが増えていた。

その日も河童さんと、作家の深志美由紀さんと3人でSkypeで長話をした。会話終了後、処方通りの量の薬を飲んでから、大量の発泡酒とチューハイを飲んだ。意識が朦朧としてきた私は自然と「さて、死のう」と思い立ち、クローゼットを開けて安物のベルトを1本取り出した。

タクトさんに「お付き合いしてもらえないなら今から死にます」とLINEを送った。「申し訳ありません。お付き合いはできません。でも生きてください」と返信が来たが、私はタクトさんに会えないと生きている意味がない。そして踏み台を持ってきてその上に乗り、寝室のドアのドアクローザーにベルトをかけ、首を吊った。ここから先の記憶はぷつりと途切れている。苦しいとも思わなかった。

どのくらいの時間が流れたのだろう。気づいたら寝室の床のど真ん中に仰向けで倒れていた。失禁していてお尻が冷たかった。頭や身体をあちこちぶつけたようで全身が痛い。特に痛い頭の部分を触ると血が出ていた。ドアの側にはちぎれたベルトが落ちている。身体は痛いしお尻は冷たい。とりあえず失禁で濡れた床を拭き、濡れたパジャマを脱いでシャワーを浴び、新しいパジャマに着替えてベッドに潜り込んだ。

翌日、河童さんに自殺未遂をしたことを報告したら「なんで僕と話した後に」と少し怒っていた。実は河童さんも重度のうつ病が原因で何度か自殺未遂をしている（『実録コミッ

ク　うつでも介護士　崖っぷち人生、どん底からやり直してます。』（合同出版）にそのときのことが描かれている）。言ってみれば自殺未遂の先輩だ。

本当は主治医のところに行きたかったが、ちょうど土曜日で休診だった。すると河童さんは「うちにおいで」と言ってくれた。床にぶつけた頭と身体が痛いので、本当は家でじっとしていたかったが、こういうときは人に会ったほうがいいと判断し、お昼前に1時間ほどかけて河童さんの家に遊びに行った。

河童さんは最寄り駅まで車で迎えに来てくれた。途中でコンビニに寄ってサンドイッチを買った。河童さんの家は様々なアニメや漫画のオタクグッズで溢れていて、愛猫のきゅうりちゃんも出迎えてくれた。いろんなフィギュアに囲まれた部屋でサンドイッチを食べながら、河童さんとポツポツと世間話をした。早めに主治医のところに行くよう言われたが、運の悪いことにその日から土、日、月と通院している心療内科が3日連続で休診だった。

しばし河童さんの部屋で過ごした後、また1時間ほどかけて自宅に戻った。前日、首を吊る寸前まで話していた深志さんからも心配のＬＩＮＥが入っていた。

元薬物依存症患者で今は薬物依存症の啓蒙活動や保護司の仕事をしており、精神障害にも詳しい風間暁さんも「できるだけ早く会って話したほうがいい」と言ってくれて、新宿の喫茶店で話を聞いてくれた。風間さんは虐待サバイバーで元ヤンでもある。だからなのか、生きづらい思いをしている人の話の傾聴がとても上手かった。そして、タクトさんを失ってしまった私に「私、昔バンドやっていて仲の良いバンド界隈の男いっぱいいるから、今度誰か紹介するよ」とも言ってくれた。

私には話を聞いてくれる人がたくさんいることに、このとき気づいた。私は一人ではなかった。ちなみに休診日明けにようやく心療内科を受診できたものの、診察はいつもと全く同じで、行く意味があったのかな?とすら思った。

親には自殺未遂したことを言わないでおくつもりだったが、河童さんの強い勧めで母親に話した。それから、本来ならその月の後半に帰省する予定だったのを前半に前倒しし、5日間、何もせずに実家で過ごした。親は特に気を遣い過ぎることもなく、ゆっくり休ませてくれた。

この経験から、私は双極性障害のうつ状態に陥ったとき、自然と死を選んでしまうことに気づいた。そしてうつ状態で働けなくなったときに備え少しでも経済的負担を減らそうと、精神障害者保健福祉手帳を取得することを決意した。

精神障害者保健福祉手帳も、自立支援制度を申請するときと同じように、医師の診断書を役所に提出すれば取得できる。この手帳は1級から3級まで等級があり、級が上がるごとに受けられる支援が増える。そして、病状が快復したときには返納することもできる。これまで取材してきた発達障害当事者は3級を所持している人が多かった。しかし、3級は障害者雇用で働く上では手帳があることで有利になることはあるものの、受けられる支援は限られている。ここは、充実した支援を受けられる2級を取得したいところだ。

このとき、一人ではほとんどのことができない精神状態だったので、先輩文筆家の鈴木大介さん夫妻に役所での手続きを手伝ってもらった。鈴木さんは精神障害についても詳しい。昔は2級は取りやすかったけど今は取りにくくなっている、という事前情報も教えてくれた。手帳の申請から交付までは3カ月ほどかかる。自分は何級なんだろうか。

周囲の人のおかげでだんだんと元気になり、仕事も忙しくなってきた2021年2月、手帳交付のお知らせが区から届いた。役所に足を運ぶまで等級は分からないらしい。平日の午前中に窓口に行くと「精神障害者保健福祉手帳2級ですね」と言われ、緑色の手帳が私の手に渡った。3級ではなく2級が取れた。

窓口の人は都営バスが無料になることとタクシーが1割引になることしか教えてくれなかったが、帰宅後に河童さんに聞くと、携帯料金も安くなることを教えてくれた。鈴木さんからは難しいと言われていた2級が取れてよかったという言葉と共に、確定申告に間に合うか分からないけど所得税が安くなることと、私の住んでいる地域では他にも多くの制度が使えることを教えてもらった。

私は発達障害だけど、自分に合った仕事を立派にこなせているから手帳はいらないとずっと思っていた。自分は大丈夫だ、やればできるのだというマッチョ思考も持っていた。しかし、現実の私はそんなに頑丈ではなかった。

この緑色の精神障害者保健福祉手帳は、今まで無意識のうちに強がっていた自分とお別れをさせてくれた。もらってすぐは通帳などの貴重品を入れている引き出しにしまっていたが「しまってちゃ意味がないよ」と河童さんに言われ、今はお守りのように持ち歩いている。

20 ライター

ピンク映画館の前でライター転身を決意

2013年3月末、きっかり3年間で会社員を辞めて25歳でフリーライターになった。きっかけは、会社員時代に『公募ガイド』を見て応募した文学賞の最終選考まで残ったことだ。大賞は逃してしまったが、自分は変な文章を書いているわけではないと自信がつき、出版社でのバイト経験もあるため、メディア・出版業界でリスタートした。

最初は会社を辞めず会社員をしながら小説家を目指そうとしていたが、B級映画好きの彼氏を持つ友達から、ピンク映画のレビュー記事を書いている女性アダルトライターさんを紹介してもらったことで、その考えは変わる。彼女に「この日、このピンク映画を観に行くから会いたかったら来て」と言われ足を運んだ、上野の古びた、まさに昭和エロス感漂うピンク映画館を忘れもしない。その映画館の前で「小説は賞を取らないとお金にならないけど、ライターなら仕事を引き受ければお金をもらえるよ」と言われたのだ。

確かにライターのほうが現実的ではある。そこで私はそのライターさんにいくつか編集プロダクションを紹介してもらい、ネットの恋愛コラム記事や週刊誌のアダルト欄やスポーツ誌の小説の仕事を始めた。滑り出しは良く、最初の1カ月の売上は15万円だった。対して貯金は60万円。駆け出しの頃は仕事を選ばず何でも引き受けた。中にはほぼノーアポで早朝5時に家を出発して静岡まで取材に行きその日のうちに入稿という超ハードスケジュールなものもあった。失敗も多く重ねたが、だんだんと取引先が増えていき、収入も会社員時代より増えていった。そして、貯金がなくなった頃、ようやくライター業一本で食えるようになっていた。

仕事は順調そのものだった。30歳のとき夢だった書籍を発売。2冊目に出した『発達障害グレーゾーン』は9刷重版という大ヒットとなった。自分で言うのも何だが、OL時代とは違い、水を得た魚のように働けている。OL時代はあんなに仕事ができなかったのに、今はきちんと社会に溶け込めている。大どんでん返しが起こったのだ。

あるとき、著書の出版元が気を遣ってくれたのか、私の地元の人の多くが購読している宮崎日日新聞に広告を出してくれ、それがきっかけで地元の知人・友人から連絡が何件か来た。そして、中高時代、私に嫌がらせをしていた人たちからFacebookの友達申請が相次いだ。私は「今までは負け組だったけど、とうとうここまで来たよ」と思いながら承認ボタンをクリックする。彼らはどんな心境で私に友達申請をしているのだろうか。もしかしたらいじめていたことなんてすっかり忘れて「俺、こいつと知り合いなんだぜ」と言いたいがために友達申請をしているのかもしれない。

文章書く人の肩書問題

私は現在、肩書を「フリーライター」にしている。しかし、将来的には「作家」と名乗りたい。「作家」という響きに憧れがある。「作家」と名乗ることで承認欲求が満たされる気がする。けれど私はまだ本を3冊しか出していないし、大手紙媒体で連載も持ったことがない。「作家」と呼ぶには程遠い。

数年前、吉田豪さんがはあちゅうさんのことを「作家ではない」と発言した肩書問題があった。あんなに本を出していても「作家」と名乗れないのなら、私も「作家」ではないのではなかろうか。それとも、ブロガー上がりは「作家」とは呼ばないという意味なのだろうか。

まず、「作家」の定義とはなんだろう。ウィキペディアで調べてみると「作家とは、芸術や趣味の分野で作品を創作する者のうち作品創作を職業とする者または職業としていない者でも専門家として認められた者を言う。（中略）ただ単に『作家』と言った場合、著作家、とくに小説家を指す場合が多い。だが、『作家』という職業は様々に枠が広いため、そう呼称されるのを嫌う人もいる。逆に、小説は書いていないが単に作家と称すケースが多い」とある。

この定義だと、作品創作を職業としていることだけは、自分も当てはまっている。そして、主に小説家が「作家」と呼ばれるようだ。だが思い返してみると、ライター駆け出しの頃に『夕刊フジ』で『男と女の事件簿』というタイトルの事件系の小説を連載していたし、『週刊大衆』ではペンネームで官能小説を連載していたことがある。これは小説家、いや、「作家」と呼んでもいいのではなかろうか？「早く作家と呼ばれるようになりたい」とライター仲間に漏らすと、「姫野さんは既に作家の位置にいるよ」と言われた。確かに「ノンフィクション作家」という肩書ならば、『発達障害グレーゾーン』で十分な実績を残したと言える。

しかし、本音を言うと、私は小説家になりたい。ただ、小説家は才能の分野だと思っている。私にはきっと小説家の才能はない。高校の頃、いつものようにスクールカースト上位組にいじめられて教室に居場所がなく、避難した保健室の先生に「小説家になりたい」

と言ったところ「あなたは凡人なの。天才じゃないの」と否定された。「ならば編集者やライターになりたい」と言ったところ「そういう職業はシャキシャキした頭の回転の良い人しかなれないからあなたには無理」と言われた。

しかし、保健室の先生は学校の仕事しかしたことがないので、出版業界については素人だ。現に私はライターを職業として生きていけているし、ライターや編集者でもシャキシャキしてない人なんてたくさんいる。もっと小さい頃、祖母に「漫画家になりたい」と言ったところ「無理だよ」と言われて落ち込んだこともあった。夢は努力しても叶わないこともあるが、それに近い職業に就ける可能性はある。こうやって私は大人に何でも決めつけられて生きてきた気がする。それが子どもの自信や、育てれば芽が出るはずの才能を奪う。

そういうトラウマもあり、私は「作家」と名乗れないでいる。私は今まで出した本が全て発達障害に関する本だったため、「発達障害の専門家」のような扱いを受けているが、精神科医でもなければ臨床心理士の資格を持っているわけでもない。一度、公認心理師の資格を取ろうかと思い、資料を取り寄せて説明会にも行ったが、大学院を出て実務経験も積まないといけないため、仕事と両立できないと諦めた。何の資格も持っていない、発達障害当事者を取材して本にした私が講演会に呼ばれるのは「私でいいんですか？」感がぬぐえない。当事者のリアルはわかるが、学術的な知識はないに等しい。

だから、私は次のステップとして今書いているこの本の執筆依頼をいただいたときは非常にうれしかった。私は発達障害に限らず、大きなくくりでの「生きづらさ」について書いていきたいのだ。生きづらさについての小説だったら、さらに理想形だ。

そろそろ「作家」と名乗っていいですか？

私が「作家」と名乗るための条件が三つある。まず一つ目は、本を50冊以上出すこと。本を出すのは最低でも3カ月はかかるため自分が生きている間に50冊を到達できるかどうか危うい。そしてこの業界、ちょっとしたことがきっかけで仕事が来なくなることもあるので、サバイバル術も身に着けねばならない。そう思うとかなり非現実的な目標だ。それに、小説家でも作品が50冊もない人もいる。これは高過ぎる目標である。

二つ目の条件は、小説を出版すること。『夕刊フジ』や『週刊大衆』で小説は連載していたが、一冊の本にはなっていない。自分には才能がないかもしれないが、小説を書いて出版してみたい。ジャンル的には読む人が限られてきて厳しいと言われているが、純文学がいい。高校生の頃や会社員の頃は、書いてはみたものの結局完結できなかった小説がたくさんある。

最後の条件は、返信ができないほどのファンレターをもらうことだ。今、応援や感想のメッセージやメールはちょくちょくいただくが、手紙は返信できる数しかもらっていない。SNSという便利なものがある中、手紙を書くという作業はかなり感銘を受けた人しかできないことで、エネルギーと勇気を必要とする。手紙はとてもありがたいので必ず直筆で返信をしている。

　これらの条件を二つ以上満たせば「作家」と名乗ってもいいのかなと思っている。でも、肩書なんて名乗ったもん勝ちだとも思う。吉田豪さんの「プロインタビュアー」という肩書だって、他には存在しない。私ももう「作家」と名乗っていいですか？

おわりに

本編で33歳の目標は彼氏を作ることだと書いた。その頃は中途半端な関係のバンドマンのタクトさんに夢中だったので到底叶わない夢だと思っていたが、２０２１年の頭、相手はタクトさんではないが、その夢があっさり叶ってしまった。そう、６年ぶりに彼氏ができたのだ！

彼氏がほしくて軽い婚活的なことをしていた２０２０年11月末、ふと、13年前に出会ったギャ男の友達、ダイキ君の存在を思い出し、連絡を取ってみるとすぐに会えることになり、グイグイと押してみたら、あれよあれよと付き合う運びとなったのだ。しかしあっさり叶った夢は、これまたあっさり３カ月で終わってしまった。

ダイキ君には同居している女性がいたのだ。しかし彼女ではないという。なぜ同居しているのか、いきさつはこうだった。その女性には借金があり家賃も払えず困っていた。彼は同情して80万円もの大金を貸した。無事お金は返済されたものの、その女性は彼の家に住み着いてしまったとのことだった。

同居女性と身体の関係はないし、恋愛感情もない。触られたくないのでボディタッチされそうになったら「触らないで」と言い、夜は床で寝てもらっている。そして出て行ってほしいのに出て行ってくれない、とダイキ君は嘆いていた。無理矢理追い出そうとするものなら、包丁でも振り回しかねないようなキレ方をするのだという。

ダイキ君自身もプライバシーのない生活に参っている様子だったし、何より彼女は私だ。なぜ彼女のいる男性の家に別の女がいるのか。どうしても同居女性と縁を切ってもらいたかったので「追い出すのが難しいなら、引っ越しをしてその女性に新しい住所は教えないで。でないともう会えない」と、別れる覚悟で伝えた。

するとダイキ君は今まで見たこともないような悲しい目をして「別れたくない」と私にすがりつき、そして彼は引っ越しを決意した。これで一安心。ぎゅっと抱擁を交わし、キスをした。その前に二人でジンギスカンを食べていたので「お互いジンギスカンの味がするね」と笑い合った。

しかしその翌日から急にダイキ君と連絡が取れなくなってしまった。なかなかLINEが既読にならない。最初のうちは忙しいのだろうと思っていたが、さすがに3日も未読が続くと不安になり、体調を崩して入院でもしているのではないかと心配のLINEを送ったが、それも既読にならない。

未読無視は2週間にも及んだ。そして、彼はもう私と会いたくないのだと悟った。

その間、私は仕事にほとんど手がつかず、毎晩のように物書きの先輩や友達に電話をして気を紛らわしていた。ある夜は誰とも連絡が取れず「死にたい死にたい」とわめきながら床を転げ回ったし、久しぶりにリストカットもした。

モラハラ男のヨウヘイ氏から被害に遭っていたときですら、周りの人の応援のおかげで仕事だけはできていたのに、初めて仕事ができなくなった。今までのように原稿が書けなくなった。ダイキ君のことを忘れようと無理やり書いた次回作のルポ原稿は、担当編集者から厳しいダメ出しの嵐のコメントと共に返ってきた。そして私はその原稿を放置した(締め切りが設けられていなかったので)。書くことだけが取り柄なのに、書けなくなったら私はおしまいだ。

音信不通に憔悴しきった私は、ダイキ君に別れを告げるＬＩＮＥを送った。すると2週間ぶりに返事が来た。なぜ2週間も音信不通だったのか。その原因は、私の失言にあったことが判明した。

最後に会った日に、私は「これで引っ越してくれなかったらダイキ君のことは諦めて、マッチングアプリで他に恋人を探そうと思っていた」と口を滑らせてしまっていたのだ。そのときのダイキ君の反応は「ああ、マッチングアプリって流行ってるもんね」だったが、実は「恋人は自分じゃなくてもいいんだ」と深く傷つき落ち込んだという。この失言については深く反省したい。

しかし、ダイキ君が私と別れたい理由はもう一つあった。それは、私が過去に風俗嬢をしていたから。「風俗をしていたなんて誇れることじゃないのに、君の言動からは風俗をしていたことが自慢のように感じ取れる。それに元風俗嬢の彼女なんて友達に紹介できない」そう言われたのだ。

風俗をやっていたのは過去の私だ。風俗は一般的には堂々と言える仕事ではないことは分かっている。でも私はそれを自慢なんかしていないし、風俗店勤務は私にとって、それまで知らなかった世の中を隅々まで知ることができた、宝物のような体験だったのだ。ただただ悲しかった。先輩文筆家の鈴木大介さんに一部始終をLINEすると「姫野さんは怒っていい。彼は姫野さんのことを軽視している。代わりに僕が怒る！」と返信をくれた。

そこから1週間ほどダイキ君と別れる、別れないの問答がLINE上でダラダラ続いた。私はギリギリまで「別れたくない」と粘ったが、のらりくらりと話を逸らす彼にさすがに呆れ、最終的に別れる決意をした。そして、風俗店勤務の過去を否定されたことについて「お前が言っていることは職業差別だからな、覚えておけよ」と捨て台詞を吐いた。

本来なら対面で別れ話をしたかったが、ちょうどその時期、彼の職場でコロナ陽性者が立て続けに出ていたことから、LINEで別れ話をせざるを得なかった。こうして私たちの3カ月間の交際は幕を閉じた。

やっぱり私には彼氏なんてできないんだ。そう落ち込んでいた矢先、友達から「桂ちゃんにぴったりな男性がいる。とにかく性格がピカイチなんだよ」と連絡が来た。ダイキ君と別れて3日後、その性格ピカイチ君を紹介してもらった。

その彼とは全てのタイミングとフィーリングが合い、出会ったその日のうちに付き合うことになった。彼は「可愛い」「素敵だね」「絶対幸せにするよ」と言葉に出して言ってくれる。男性から甘い言葉を囁かれたことがなかったので、最初は口先だけだろうと信用していなかったが、どうやら彼は本気らしいということがだんだんと伝わってきた。

私の過去も、発達障害も、全て肯定してくれた。風俗店勤務についても「そのときの桂ちゃんに必要だったんだよ」と言ってくれた。会ったその日に付き合い始めたことについて親はかなり心配していたが、私はこれからきっと幸せになれると信じている。

今までずっと生きづらかった私。これからは自分の味方をしてくれる人の手を借りつつ、そしてそのお返しもしつつ、自分で生きやすい道を切り拓いていくつもりだ。

最後に、この本を書くにあたり力になってくださった皆様にお礼を申し上げたい。装丁イラストを描き下ろしてくださったイラストレーターのウチボリシンぺさん、デザイナーの佐藤亜沙美さん、推薦文を書いてくださったまんきつさんと吉田豪さん、とっちらかった私の生きづらいエピソードをバランス良く拾い上げてくださった編集の露木桃子さんと晶文社の安藤聡さん、こんなポンコツで不器用な私のクロニクルを最後まで読んでくださった読者の皆様、本当にありがとうございました。

この本により、この世にはこんな奇妙な奴もいるんだな、と思ってくださったら幸いです。そして、いろんな人が抱える様々なトゲトゲした生きづらさがふんわりとまあるく軽い球体になって、どこか遠くに飛んでいきますように。

姫野桂

2021年4月末

姫野桂（ひめの・けい）
フリーライター。1987年生まれ。宮崎県宮崎市出身。日本女子大学日本文学科卒。大学時代は出版社でアルバイトをして編集業務を学ぶ。卒業後に一般企業に就職し、25歳のときにライターに転身。現在は週刊誌やWEBなどで執筆。専門は社会問題や生きづらさ。著書に『私たちは生きづらさを抱えている　発達障害じゃない人に伝えたい当事者の本音』（イースト・プレス）、『発達障害グレーゾーン』（扶桑社新書）、『「発達障害かも？」という人のための「生きづらさ」解消ライフハック』（ディスカヴァー・トゥエンティワン）。

生《い》きづらさにまみれて

2021年6月20日　初版

著　　者　姫野桂
発 行 者　株式会社晶文社
東京都千代田区神田神保町1-11　〒101-0051
電　話　03-3518-4940（代表）・4942（編集）
URL　http://www.shobunsha.co.jp
印刷・製本　中央精版印刷株式会社

ISBN978-4-7949-7271-2 Printed in Japan